朱墨 著

THE SECRET BETWEEN US

姐妹

江苏凤凰文艺出版社
JIANGSU PHOENIX LITERATURE AND ART PUBLISHING

果麦文化 出品

序：我们最终不孤独

本书讲述的是陶姜和陶然这对姐妹的故事。

我和作者朱墨认识，是在伦敦大学学院，她是我一起读电影学硕士时候的同学。我看这本书的时候，代入感很强，说句厚脸皮的话，我一直觉得我就像朱墨的妹妹。

书里面妹妹陶然对姐姐的感觉，我出奇地能共情，因为这些微妙的情绪，很多我都有过。我崇拜墨墨，也害怕她。我希望她给我人生的意见，但却始终觉得她打拼的一切我注定不配拥有。实话实说，在她恋爱之前，我羡慕她在事业上的凌厉果决，但也经常告诉自己，我也有属于我的，她还没有的幸福。

妹妹陶然面对的问题，我也面对过。立业之前选择了结婚，赚钱之前选择了生娃，老公的家庭环境和处事方式和自己的原生家庭有巨大差异，对公婆、小姑子为人处世的不适应，强势婆婆给的那些老公救不了的委屈……选择了早婚早育之后，看到同龄的朋友事业上升，我表面上自洽，内心却产生了和陶然一样的焦虑——每天早晨鼓起勇气正面自己的选择，却眼看着那点脆弱的乐观被一整天生活的琐碎击垮到一败涂地。

我曾经以为，像我当初的烦恼和茫然，墨墨永远不会理解，就像我曾经认定，她在繁重而强压的工作中得到的满足感、充实感和成就感，我也不会理解。但是去年，我的人生发生了变化，我找到了让自己激动甚至亢奋的事业，在高压的挑战中，找到了我原以为不配拥有的成就感。墨墨的人生也发生了很大变化，她遇到了让自己心动而且信任的人，在甜蜜的相伴里，体会着她原以为很难拥有的爱情。我们都收获了自己曾经以为必将无奈舍弃的东西，甚至有点质疑自己是不是拥有了太多。同时，我更理解了墨墨不曾言说的透支和孤单，墨墨也理解了我曾面对的无力和迷惘。

然而今天，不管是孤单还是迷惘，我们最终不孤独，因为我们在成长中、痛苦中、改变中学会了共情。我们有的时候太容易轻易地丢出一句“我无法共情”而逃避我们身边的人和情感。其实共情就像爱一个人一样，首先要有爱的能力，但更难的是长久地爱一个人，因为很多时候，我们没有做出坚持去爱的选择。共情也是如此，它不只是一种能力，更是一种选择。

张踩铃

2021 年 10 月 4 日

献给

我们曾经的四口之家

家庭给我们爱和温暖，也将我们绑在一起为彼此的棱角受苦；家庭在我们患难困顿的时候给予支持和保护，也在日常的小事里叫我们烦恼。我们在这种关系里打磨、磕碰、捏塑、凿刻、修剪，一再地被规驯，依着它的形状成长，它的好与坏都成了我们的一部分。

——向田邦子

目录

第一章　一团乱麻　001

“尽管如愿跟喜欢的人结了婚，还在孕育着一个新生命，但我却像是被无形的绳索捆绑住了一样，经常感到无法呼吸。”

第二章　杀伐决断　073

“如果在职场浸淫七年，遇到这种事情的时候还大惊小怪，那我就不是陶姜了。”

第三章　谁的秘密　147

“在那之后，我成为怀抱着秘密生活的人。那秘密本身，在大脑里被我删除过无数遍。那年我十四岁。”

第四章　重叠瞬间 215
“她的二十几岁，我的三十几岁，两个我以为绝不可能重叠的世界，就在此刻重叠了。”

第五章　时光切片 267
“可能这一辈子里，爸爸妈妈都不会再同时出现在我眼前了，但是我决定不再为此而遗憾。”

跋：被公开的信

2013

第一章 一团乱麻

2014

陶然，

我发现自己被工作驯化得越来越喜欢用邮件沟通事情。说话容易情绪激烈，文字或许会好一点。

也只有在这样夜深人静的时候，我才能有属于自己的思考时间，不像白天那么追命似的忙，开会、电话、短信，处理不完的事情，没办法也没耐心好好说话。

今天听妈妈说你怀孕的时候，我气炸了。妈妈在电话那头只能默默叹气，我喊完一大堆话之后，嗓子也劈了，觉得特别累，满脑子翻来覆去都是一句话：陶然，你知道吗？原本你的生活可以有更多更美好的选择啊！

我曾经跟你聊过无数次，讨论过很多可能性，但你总是软弱害怕。你只是在你的人生中看到了陈宝生这么一棵树，就觉得离了他根本活不了，不然不知道人生如何走下去。我跟你的所有讨论在这个设定面前完全没了意义，我只能放弃。

这之后，我寄希望于也许你过早进入婚姻生活，可以提前发现它的真相，发现它没你想的那么美好，发现婚姻并不只是两个人之间的事，还牵涉两个家庭。以前听你偶尔转述你未来婆家那些人和事，我就已经瞠目结舌了，简直比最烂俗的电视剧还奇葩。我想等你跟他们朝夕相处了，一定会无法忍受，至少还可以趁年轻离开，重新开始。

我反复提醒你，谈恋爱可以，结婚也可以，别着急生小孩，那是你一辈子的责任，你的人生从此将会不同。如果你都不确定能不能和他长久，就轻易把一个生命带到这个世界上，这太不负责任了！

现在，你知道我有多为你可惜吗？你为什么不愿意相信自己可以有更好的未来？你才二十二岁，你的人生还有那么多可能性。我都已经三十岁了，依然对生活抱有美好的期待，我希望遇到一个能真的懂我、尊重我、爱惜我的人。现在暂时还没有遇到，我自己生活得也挺好。我身边有很多在三十多岁甚至四十多岁，遇到很好的爱情再步入婚姻的人，在这样的关系里，任何一方都不需要委曲求全，但你对于这些都是不听、不看、不相信。

如果你当初复读，很可能考上中央美术学院。

你大学毕业后，可以试着考电影学院的研究生，或者我还可以资助你出国学艺术，那是多么美好的生活，你想过吗？世界上优秀的男人那么多，你怎么就觉得自己找不到更好的？

上面这些，我知道每说一次对你都是刺激，但我今天实在忍不住重提一次。你决定放弃那些可能性，好，我们作为你的家人，支持你；你需要嫁妆来撑门面，我们也支持你。但是，我们能替你去过你的生活吗？我们能替你去对付你的婆婆吗？我们能替你去规划你的未来吗？现在你怀孕了，我们能替你保护你的孩子不被他们影响吗？我们不能。

接下来的人生，对你将是全新的挑战。你将要变成一个母亲，一个真正的大人了，希望你能对自己的选择负起责任。

姐

2013年6月11日

姐，

第一次给你写邮件，感觉有点不好意思。

我是用手机看的，可能写不了你那么长。

你在信里说的话，包括你以前跟我说过的话，我都认真地听了，想了。我知道你说的都对，我无法反驳，谁又能反驳呢？

所以现在我不知道该说些什么，只能说我不是故意要跟你对着干、故意不听你的话。我知道你是为我好，我只是有我的苦衷。

我其实一点儿不在乎金钱，不在乎大城市、小城市，我一直都是在乎感情的。

事到如今，既然已经这样选择，我也只能先这么走下去。

你所有的担心，我也很害怕它们发生，可是我想说，无论如何，怀孕应该是件被祝福的事啊。

希望我能得到你们的祝福。

陶然

2013年6月12日

[1]

我叫陶然，今年刚从大学毕业，学的是动画设计。丈夫陈宝生跟我是高中同班同学。我们俩是彼此的初恋，到现在已经恋爱五年了。

谈恋爱的时候，宝生爸妈就对我爸妈当年离婚后各自再婚颇有微词。他妈妈视儿子为珍宝，觉得全世界哪个女人都配不上他，何况，我的每一项条件都恰好不在她满意的范围内：属相不好，八字不合，离婚家庭的孩子性格肯定有问题，身材太瘦一看就不适合生孩子，皮肤不够白没有福气……如此种种。

她一直坚信，宝生只是见的女人少，不一定哪天就会甩了我。她完全没想到我会怀孕，更没想到宝生知道后，跟家里人宣布要马上结婚。

听说我俩要结婚的这个消息，首先急坏了的竟然不是宝生他妈，而是他姐陈宝平。趁着我去他们家里吃饭的机会，宝平当着所有人的面劝我："陶然啊，你们可千万别着急办婚礼，怀孕的人得多休息，别看你现在瘦，过不了几天就该开始长肉了，穿婚纱也不好看，将来等你生完了，身材也恢复了，再漂漂亮亮的办事儿，多好！”

未来婆婆钱桂枝也在旁附和道：“对啊，你看你姐考虑得多周到，要我说也是先别办了。匆匆忙忙的也办不好，再说现在你这情况，到时候被人看出来，多丢人。”

我没太明白其中的缘由，只觉得这话怎么听都有点别扭。

宝生也没听出那些话里的言外之意，一本正经地说：“这有什么来不及的，咱们赶紧准备，肯定来得及！”

“想办就办吧，所有流程我来安排，都听我的。”这是未来公公陈建强的声音，听上去像是个明理的人。可没等我对他生出几分感激，他的话听起来就不太对劲了，“就别在大饭店办了，弄流水席，婚礼就弄中式的，仪式什么的按老辈子的传统来，陶然，到时候通知你爸你妈，都来参加婚礼。”

“叔叔，这件事有点困难，我爸我妈自从离婚之后就不再见面了，他们可能没办法一起来……”

“那怎么行？！必须得来，哪有两家子办喜事，一家不来的道理！”

“那我让我爸或我妈一方来参加可以吗？做个代表。”

“那叫什么事儿，都得来！”

宝生看不下去了：“人家爸妈离婚这么多年，一直不见面，你干吗非得让人家一块来？再说，我周围朋友结婚都是西式，在酒店里办……”

话音未落，只见一个手机被直接摔在了地上，“啪”！

“谁才是一家之主？我说怎么办就怎么办，哪里轮到你们来插嘴。想办就按我说的来，要不你们就别办了！”

我愣在了当场。跟宝生在一起这几年，一直知道未来婆婆是个不好相处的，却没料到未来公公也这么有爆发力。

“当初你姐也是不听家里的话，非得选那么个没出息的主，你可倒好，直接找个爹妈离了婚的，为什么你们俩一个听话的都没有，你们气死我算了……”

转眼间，未来公公已经从愤怒转成了哀怨，借着“气死我算了”这句颇有感染力的台词，这个五十出头的男人突然抹起了眼泪，抹着抹着，竟然又开始抽自己嘴巴。

未来婆婆搭腔道：“是啊，不知道咱们家怎么了，净出这种让人笑话的事，真是没法活了……”

“还不是你养出来的好孩子，从小你就把他们惯得没个人样，现在一个个眼瞎了一样，什么人都往家带，这下你满意了？”

未来婆婆没想到自己会受牵连，一屁股坐在地上开始哭天喊地：“年轻的时候你不着家，回来就是醉醺醺的，你妈天天找我碴儿你也不管……哼，现在还没结婚就把家里搅得一团乱，等结了婚岂不是要把我们家闹得家破人亡 ......”

一旁的宝平看自己爸妈这么大闹，也莫名其妙地哭起来。

长这么大我从没见过这种阵仗，被眼前这一幕惊得目瞪口呆，一时不知道该怎么反应才好。

宝生也没想到他爸妈来这出，脸上挂不住了。他当然不希望我看到家中这样一番景象，拉起我的手，对他爸说：“她怀着孕呢，你们这是干什么？丢不丢人？爱办不办。”他说完就起身拽着我离开了。

送我回家的车上，他沉默不语，不知是惊讶于他爸妈今天的表现，还是在担心我给这个家带来的不和。我没心思问，于是俩人谁也没说话，各自沉思。

下午，宝生接我去了他家的污水处理厂，说是他妈妈叫我们过去有事说，本以为是要缓和一下之前的尴尬，结果一进去，他妈妈正在屋子里哭。见我俩过来，马上就朝自己儿子扑了上去："你们中午倒是走得挺快啊，知不知道你们走了之后，你爸爸跟我折腾了好半天？说本来就不同意你跟她在一起，结果你连结婚的事也不听他安排，他现在特别不满意，差点把我给打了……"

"妈，事情已经这样了，我必须得对陶然负责，你们这样闹，会让人看笑话的。"

宝生的话，把我心里的阴云驱散了一点点。

"你为什么那么多好姑娘看不上，偏偏找这么个父母离了婚的？我都找人看过了，说你俩不合适，你怎么就不听话……"

"姨，您别这么说。从小到大父母都对我挺好的，我没觉得和别人有什么不一样。"我忍不住说道。

"好什么啊，都说离婚家庭的孩子性格有问题，你也别在这假装随和了。我听说他们俩早都各自有家庭了，谁有空管你啊？跟个孤儿一样。"

宝生怒了："你怎么这么说话啊，妈？！"

他妈妈见状，哭得更伤心了，声音从呜呜改成了哇哇："我怎么生了你这么个不孝子啊！我上辈子造了什么孽啊！你们一个个的都要逼死我啊！我这么多年辛辛苦苦带着你，忍受你那混账爹，你现在居然为了一个外人这么对我！都说娶了媳妇忘了娘，我看你还没娶媳妇就已经把我忘了！”

一阵头疼袭来，我控制不住脸上嫌恶的表情，扯扯宝生的袖子，说：“咱们走吧。”

宝生拉住我的手，一起往外走去。直到走到车子旁边，我眼里的泪才掉了下来。

从那天起我就知道，在这个家庭生活不会太容易，但无论如何，我想至少宝生会陪着我一起面对。

[2]

婚礼日期总算定下来了。

陈家不再闹腾要我父母一起参加婚礼的事，他们终于知道这件事无法勉强。而我这里跟爸、妈、姐姐三方之间的沟通，则比正常家庭要复杂很多。父母都是很有主见的人，在彩礼、嫁妆、接亲、改口等一系列琐碎事情上，他们俩总有不一样的想法。姐姐有时支持爸爸，有时理解妈妈，不断向我转达着他们两方的意见和抱怨。我只能夹在中间来回商量调停，加上早期孕吐的折磨，简直心力交瘁。

好不容易在各种事情上都找到了折中方案，他们又为了谁办我的回门宴争执不下，结果变成我爸妈在同一个酒店前后两天各自办了一场酒席，搞得服务员第二次看见我还在纳闷，为什么你的回门宴要办两天？

最终，在陈家主办的婚礼上，是我的姐姐陶姜和小姨代表出席，父亲母亲都没有来。好在跟我关系好的几个大学同学都来了现场，跟姐姐坐在一桌，让我的娘家人不至于显得力量太单薄。

那天，舞台上的灯光刺眼，音乐也特别大声。我穿着那套挑了好久才选定的婚纱，头纱长长的，可以搭到前面来，稍遮一下我略微隆起的腰身。婚礼司仪按照套路推进流程，我和宝生像两个开心的木偶一样，用力配合着各个环节，站在台上一直傻笑。笑着笑着，随着司仪的声音“祝贺两位有情人终成眷属”，耳边忽然大声响起《等你爱我》的歌声，我内心的防线在一瞬间崩塌，想起之前的种种，现在终于走到梦想的一刻，泪水忽然决堤。

宝生看我哭，也跟着掉了眼泪，我俩哭着抱在一起。那一幕在别人看来一定特别戏剧化，但只有我知道，能等到这一刻对我有多难。就在五颜六色的光晕里，我看到坐在台下的姐姐，正大力地鼓掌，眼睛里闪着亮亮的东西。

我和姐姐相差八岁。

她在春天出生，白羊座；我是秋天出生，天蝎座。忘了听哪个亲戚说的，爸妈当时想要个男孩，看到我出生之后还有点失望。此事后来被爸妈极力否认，我无意去深究这些，反正一出生就是第二个，所有东西都不会只属于我。姐姐在家里当了八年的独生女，专横跋扈的品性在我出生后也毫无收敛。

在外面，她是那个一岁半就能背好多首唐诗，四岁半就上学的“小神童”，性格乖巧有礼貌，很听爸妈的话；家里来了爸妈的朋友，她的嘴也很甜，女的一律叫“姨”，如果是男的，她就会按照自己的判断，决定是叫“叔叔”还是“大大”。大家都说她是个小大人儿，能说会道。

爸妈不在家的时候，会让姐姐管着我，这让她觉得自己很有权力。家里只剩我们俩的时候，我做任何事情都要照着她希望的方式来才行。她的规矩一大堆：不许要别人送的东西，不许和某坏小孩玩，不许乱吃人家给的食物；她当老师我必须当学生，她讲课我必须双手背后坐直听，她想拿什么一定会支使我去，甚至还时不时会对我动手，所以我那时候特别烦她。

我知道她也特别烦我。我所有的不听话、不服管，在她看来都是在故意挑衅。尤其是那些明明错误的事情，我偏要去做，让她很头疼。一个没看住，就发现我在捡地上的瓜子吃，那瓜子都不知道掉地上多久了，她一边从我嘴里把瓜子抠出来，一边大声训斥我。

在我俩当中掌握着财政大权的也是她。如果她想吃零食了，就会给我钱，让我去家属院门口的小卖部买，这时候我就能跟着蹭好吃的。可如果她觉得我又不听话了，作为惩罚，就会不给我吃东西，或者把我关在卧室门外。

小时候的我是个馋猫，为了吃只能忍辱负重。有一次不知道为什么惹她生气了，她转身进卧室，大力地把门甩上，结果没发现我跟在后面，门就大力地关在了我的脸上。瞬间我的额头就起了一个大紫包，她也有点慌了，赶紧拨弄我的刘海帮我遮包，然后安抚我，让我不要告诉爸妈。

可能那个包实在太亮太大了，爸妈回来就发现了。爸爸在餐厅的桌边教训她，她抱着一卷卫生纸边哭边擦，鼻头都擦红了。我感觉她很可怜，就跟爸爸说，爸爸你别说我姐了行吗，结果我的同情心被当时的她理解成“心机婊”，换来变本加厉的报复。

她看书的时候我不许出声音，她听歌的时候我不能跟着唱，她睡觉的时候即使我没睡着也不许动。这些对于我来说简直太难了，偏偏爸妈一直让她拥有管我的大权，我也只能努力在夹缝中生存，每天都琢磨反抗的法子，把她气急了揍我一顿，等爸妈回家之后我就告状。周而复始，如此循环。

我俩在性格上有太多的不一样。要说我对于哪点不同有最深的感触，那就是对事情的决断。从小到大，不管遇到大事小事，她总是知道自己想要什么，好像从不需要经过太多的思考，决定了就去做了。但我恰恰相反，不管大事小事，都会纠结好久。

遇到难以抉择的事，身边最快能询问的对象就是姐姐。每次问她，她都会非常认真地帮我分析，给出建议。在她看来，经过她逻辑缜密的解析，答案总是再清楚不过。可是我听完之后，依然会陷入纠结。

有时候，姐姐被我问烦了，会一本正经地对我说，凡是需要选择的事情，选项一定是优、缺点同时存在的，假如一个选项百分之百好，另一个百分之百坏，那就不需要选择了呀。你要么就两害相权取其轻，要么就跟自己说，不管选了哪一个，将来都一定会后悔的，索性随便选一个。

我真希望自己能拥有她这样的脑回路。有时候我也会试着代入她的想法，让意念中的她替我做决定，可最后总是失败，我根本没办法像她一样思考问题。

经过反复对比纠结之后，我最终选择的方向，总是跟她的建议背道而驰。鸡毛蒜皮的小事，她看我不听她的，最多就是翻个白眼，但真到了人生大事上，我不听，她是真的伤心，也是真的生气。她总是希望以自己的人生经验或观察总结，告诫我少走弯路，可我有些时候并不完全认同她的想法。

之前跟宝生谈恋爱的时候，姐姐就一直为我担心。她怕我会过早陷入婚姻生活的泥潭，总是跟我说，恋爱可以，不要着急结婚，就算结婚了也可以，但千万不要着急生小孩，一旦生了小孩，将来想离婚就难了。

那时我觉得，喜欢一个人，想跟他在一起，不是天经地义的事情吗？如果真的到了要结婚的程度，那就是两个人决定要好好在一起，为什么要提前去想离婚的事，提前预演感情的失败呢？

这些年里，她一个人在北京，虽然事业非常成功，二十几岁就成了上市公司总监，不到三十就买车买房，身边也总是围绕着一些光鲜亮丽的人物，但终究没有一个爱人陪伴，难道不辛苦、不孤单吗？

可是现在，亲身经历了婚姻的细枝末节之后，我不得不承认，姐姐当初的提醒，可能是对的。

[3]

我和宝生结婚之后面临的第一个选择，就是要不要跟公婆合住。

公婆明确表示希望同住，宝生对此是默许的，我心里不乐意，但也不好提出抗议。我们住的是一套三居室，我和宝生一个屋，公婆一人一个屋。

每天一出卧室门就是客厅，公公只要在家，准躺在沙发上看电视，坐姿不雅不说，我又不能提出想看什么节目，只好尽量在自己屋里待着；着装上也不如自己住方便，不能不穿内衣就去客厅，裙子不能短，衣服不能透，很多事都要顾忌。厕所和洗衣机也是所有人共用，几乎没有私人空间。

还记得举办婚礼的当天晚上，一家人坐在一起吃的第一顿饭。那时我就对自己在这个家里的地位有了清醒的认识。

开饭前，我去厨房帮着婆婆端菜。陈宝平也来了，坐在沙发上盯着电视，纹丝不动。一家子坐定之后，宝平对我说：“陶然，你去盛饭。”

宝生见状，阻止道：“以前不都是你盛饭吗？现在她怀孕，你支使她干吗？”

“没事没事，盛个饭而已，应该的。”我赶紧说。

婆婆瞥了我一眼，眼睛使劲翻了一下，没说什么。

没吃两口，宝平又盯着我说：“陶然，我跟你说，以后你可别天天在屋子里躺着，现在才刚怀孕，还没到你觉得腰疼的时候呢，这么躺下去，将来长一身肥肉，生的时候你都使不上劲。”

听到这充满嫌弃的话，我刚刚放进嘴里的一口菜，差点咽不下去。

这时候婆婆接话了：“对啊，我看你这一天都在屋子里待着不出来，是不是嫌弃我们，不爱跟我们相处？这样的性格可不好。你得多和我们接触啊，我就说离婚家庭的孩子孤僻吧。”

宝生说道：“她不是那个意思，接待了一天的客人，她又怀着孕，肯定是累了。”

“哎哟，你看见了吧，妈，我弟真是长大了，知道心疼媳妇了，处处维护媳妇，搞得跟咱俩欺负陶然一样。”

“嗨，可不是嘛，今天你刘姨跟我说，她儿子现在为了媳妇跟她闹翻了。我本来还不信，现在想想，我也得小心了。”

宝生听到两个人的对话，有点讪讪的，端起饭碗就回了屋，留下我一个人应付。

晚饭后，我主动洗了锅碗，婆婆跟大姑子没跟我客气，径直进了房间，拉着宝生嘀咕了好一阵子。看他出来时的脸色，估计谈话内容又和我有关。

收拾完厨房，惦记着刚才婆婆嫌我不跟他们在客厅共处，我赶紧在沙发的一角坐了下来，眼睛茫然地盯着电视机，至于播放的节目是什么，我根本没看进去。

“陶然，你怀孕了别看电视，电视有辐射，对孩子不好，这都不知道吗？你愿意看等你生完了孩子自己看去，别辐射着我孙子。”

这是婆婆的声音。

一瞬间，眼睛里热了起来，我应了一声，起身去了厕所。

好在此刻厕所是空着的，不然真的不知道该躲到哪里。隔着门，听着从客厅里发出的一家人热闹看电视的声音，仿佛我根本不在这个家里，我呆呆地立着，眼泪唰唰地掉下来。一阵从未有过的寂寞与后悔，从这个窄小房间的周遭袭来，紧紧地围绕着我。

新婚宴尔，我却只有在公婆、宝生都去工厂的时候，才能有自己的一点空间。可就连这么点空间，也常常被宝平和她儿子小虎“入侵”。宝平有婆婆这边的钥匙，每次都是直接开门就进，进门之后先去厨房，找点吃的热热，吃完就打开电视往沙发上一坐，也不跟我说话，但是又不离开。我也试过和她交谈，可她总是爱答不理，所有的肢体动作和表情都在大声向我宣告——这里是我家，你是个外人，少搭理我。

小虎很调皮，不停地碰碰这个，摸摸那个，登梯上杆。他年龄小，怕他摔了碰了，我只好目不转睛地盯着他。他还会毫无顾忌地跑进我屋里翻东西。我提醒他：“小虎，不能随便翻别人的东西，这样不礼貌，你先出去找妈妈，行吗？”

小虎似懂非懂，继续把屋里的抽屉一个个拉开，里面的东西挨个儿摸一遍，看到感兴趣的就直接拿出来玩。

我以为自己制止小虎的时候，宝平听见了会进来管一管，事实证明是我想多了。宝平就在客厅沙发上聚精会神地看电视，只要小虎没去烦她，她就装作听不见也看不见。

我只能站在离小虎不远处，一边护着他的安全，一边盯着他别把我在意的东西弄坏。

中午，婆婆回来后就带着我在厨房忙活做吃的，宝平继续看她的电视。饭做好之后，她吃完一抹嘴，转头就带着小虎回自己家去睡午觉，下午睡醒又过来。

这样的生活，日复一日。时间久了我才明白，其实宝平就是把儿子带过来，让我帮着看孩子的。

母子俩每次过来都像逃荒一样，随意的睡衣，邋遢的拖鞋。宝平的头发用皮筋随便绑着，看起来已经好多天没洗，快要往下滴油的样子。儿子脸上粘着食物残渣，身上布满彩笔印和泥印。偶尔实在懒得开车带孩子过来，宝平就带着孩子在家泡方便面吃。

我几次劝她孩子正在长身体，得吃些有营养的东西，她都置若罔闻。有时看到孩子馋得不行，我拿出零食给他吃，宝平总是一脸嫌弃地从他手里夺走。晚上吃饭时，她会提起电视里一些恶毒的女人，嫉妒家里的妯娌生了儿子，偷偷给孩子下药扎针的新闻。这用意再明显不过了，那之后我再没给过小虎零食。

我去过她家里几次，不仅脏乱，还弥漫着一股难闻的味道。柜子上摆着她青春时期的照片，照片里的女生笑得也是灿烂的。对比现实生活中她的样子，让人觉得不可思议。

现在的她，让人感觉不到这是一个二十多岁的女子，总是没精打采的，不管穿着多么鲜艳的衣服，都让人感觉没什么生气。

有时我会有那么一秒置身事外，盯着她看的工夫，心里开始好奇，这个女生是如何走到了今天这一步？

[4]

我的婆婆钱桂枝是家里的第五个女儿，她家总共姐弟六个，父亲在五十多岁时才有了家里的老幺——她们的弟弟，自然是被宠上了天。我婆婆从小在重男轻女的环境中长大，被灌输“女子无才便是德”的思想，初中没读完就辍学了。

跟我公公结婚之后，第一胎生的是女儿，别人还没表现出来什么，她自己先有了抬不起头的感觉。“当时我娘坐在窗前连声叹气，说自己生了六个才生出儿子，不知道我要生几个才能挺直腰杆……”

直到生了儿子陈宝生，婆婆瞬间觉得自己腰杆直了，逢人就说：“真是老天有眼，那么多人想要儿子都生不出来，我第二胎就生出来了，他们家娶了我真是祖上积大德了，从此我也有了撑腰的人了。”这种戏码到今天还在时时上演。

出生在这样的家庭，陈宝平自然也是在重男轻女的铁律下长大。

“小时候我妈弄了好吃的，总是第一时间紧着弟弟吃，弟弟不吃了，才会分给我。有时候我放学回来闻到家里有烤红薯的味道，问一圈也不告诉我放在哪儿，弟弟回来我妈才会拿出来，弟弟吃瓤我吃皮。煮了饺子，馅多又完整的给弟弟，馅少煮破的我们吃……

“有一回，我爸爸喝醉了回家来，嫌我和宝生打闹的声音太大，吵到他了，拎起床边的笤帚疙瘩就打我们，妈妈听见了过来护着宝生，而我被打得身上青一块紫一块。等我爸去睡觉了，我妈让我站在墙边思过，说是我带头打闹才害宝生挨了打……”

尽管她讲述那些往事的语气总是带着一种事不关己的嘲讽，但我听了心里却很不是滋味。我想她应该从没机会跟母亲说说心事，因为说的结果只有两个，一个是被无视，一个是被嘲讽。

按宝生的话说，“我姐从小就不爱学习，小学的时候，三十以内的算数都搞不清，理解能力又差，勉强上完初中，就去了中专学校混日子，本来想着接个大专，结果被我妈发现和学校的同学搞对象，就把她揪了回来。”

回来之后，家里花钱托了人，把她安排进了乡政府当临时工，刚一去就和同办公室的另一个临时工谈起了恋爱。那时她虽然不到二十岁，但身处小城镇，周围早早结婚的人很多，这本来也不算什么。

可婆婆不这么认为。为了阻止这两个人在一起，婆婆勒令宝平不许再去上班了。“家里又不是养不起你，再说了，咱们这样的家庭，你怎么能随便就跟了个临时工？一点前途都没有。你看那人连一米八都不到，跟你弟弟差远了，一看那穷酸长相就知道家里没钱。你怎么也得找个有家底的啊，将来再生个儿子，趁势拿住他们家，所有钱不就都归你管了吗……”

宝平对此很是认同。

自从不再去乡政府，宝平也没找过别的工作，长期赋闲在家。大家都是一副无所谓的样子。

就在这期间，婆婆给她相了好几个对象。听媒人说对方家里不错，婆婆就让宝平好好把握，可每次接触深了，对方都觉得宝平性格不好，加上打听到婆婆也不是省油的灯，每次都是不了了之。

最后一个相亲对象名叫徐胜利，二十四岁，上过大学，刚刚考上县政府的公务员，老家在农村，模样看起来还算周正。宝平跟他处了一段时间，发现他说话文绉绉的，常讲自己听不太懂的词句，以前在大城市打工时还学了一点绅士风度，比如吃饭时会帮她拉开椅子、走在马路上会让她走里面之类，觉得颇为受用，心里还有那么一点崇拜。

婆婆觉得徐胜利长相、身高还可以，但家里条件太一般。徐胜利感觉到了这一点，借着来家里吃饭的一次机会，在宝平父母面前认真畅想了自己的未来：“两年之内，我肯定升科长，整个科室的人都不如我有能力，我年轻又有学历，跟我们科长关系可好了。这年头，光有钱还不行，没有点势力，碰上了事情就寸步难行。你看毛纺厂那个张老板，光有钱有什么用，厂里一出事，大把的钱扔进去也是白搭，根本没人给他撑腰。”

那阵子刚好赶上家里要开新厂，正跟工商、税务部门打着交道，确实如徐胜利所说，如果只是拿钱出来摆平事情倒简单，难的是在衙门什么人都不认识，吃各种闭门羹、哑巴亏。我公公一听小伙子这番话就频频点头。我婆婆见老伴满意，也不好再多说什么。

得到了未来老丈人的认可，徐胜利和陈宝平的事就算定了下来。俩人很快就结了婚。

结婚之前，徐胜利开口跟老丈人借了三万块钱，说是有个重要的工作机会，他想要争取下来，得拿点钱去送礼。看他说得有鼻子有眼，我公公二话没说就把钱拿了出来，就当支援未来女婿，那时他当然不会预料到，这种事情此后会一再发生。

宝平未婚先孕，婆家连婚礼都没给办，为此宝平没少和徐胜利闹，可徐胜利根本不接招，连哄带骗，就把宝平敷衍了过去。知道这事的时候我才反应过来，难怪她当初在宝生宣布要结婚的时候，那么努力拦着我们办婚礼，原来是不希望这个彩头被我抢去。

新婚的时候，宝平跟着男方在老家和公婆一起住。没过多久，有天夜里婆婆接到宝平的电话，一接通就是她号啕大哭的声音，说徐胜利打她。婆婆急急忙忙把我公公喊起来，俩人开车到了徐胜利家，一进门，就见宝平披头散发，一把鼻涕一把泪。

老两口赶紧问是怎么回事，宝平的婆婆说："大晚上正睡着觉呢，就听见宝平大喊大叫，对着我们胜利一顿骂，也不知道她怎么了，劝也劝不住。"

"我在他手机里看到他和别的女人的聊天记录，问他是谁，他说不清楚，就打我！"

“你能不能把话说明白，我怎么可能因为你问就打你？”徐胜利急得头上冒汗。

“你就是做贼心虚！说什么这是你大学同学，大学同学大半夜和你聊天吗？大学同学随便给你发照片吗？你把照片保存在相册里干什么？”陈宝平仗着爸妈在旁边，举起手机就往徐胜利的脸上甩。

徐胜利一边用手挡开，一边分辩：“那是我上学时关系不错的朋友，当时好几个人一起出去玩，拍了点照片留念。你不听解释就算了，上来照我脸就是一巴掌。”

“我那是跟你闹着玩呢，你怎么能当真呢？再说了，我打你打得又不疼……”

我公公听来听去，觉得就是俩人开玩笑闹急了，事情不大，想着说他们两句就算了，让他俩自己解决。谁承想我婆婆不干了，她火烧火燎地从屋里冲了出去，站在院门口大喊大叫：“快来人啊！打人啦！这都什么社会了，还有没有王法啦！我们的宝贝闺女嫁给你，不是让你来打的呀！”

当时已经是夜里，周围邻居很多都睡下了，我婆婆愣是扯着嗓子喊了十多分钟，徐胜利去拉她也拉不动，直到把邻居们全都喊过来围观。眼看着围观人数聚集到了一定程度，我婆婆开始叉着腰数落徐胜利，除了打怀孕的媳妇这一大罪状，还把徐胜利没结婚就借钱的事情抖搂出来：“还是公职人员呢，家里穷得连饭都吃不上了，我们这条件的闺女嫁给他算是倒了霉！”

徐胜利脸上红一阵白一阵，恨不得挖个地缝钻进去，他妈妈见不得这场面，早已经躲回了自己屋里。陈宝平这时候像是在看别人家的热闹一样，一脸得意的表情，觉得老娘替自己出了头、长了脸。

如果不是我公公大吼一声“住嘴”，我婆婆再说上一两个小时都没问题。闹得这么难看，老两口只好开车把宝平带回了家。原本以为徐胜利过几天就会来接她，没想到人家压根没动静。宝平在家这一住，就住到了快生的时候。

怀孕期间，根据我婆婆提供的各种民间说法，宝平这一胎怎么看怎么像女儿。尤其是在找人把过脉也说是女儿之后，两个人每天都寝食难安。

自打她住回了娘家养胎，徐胜利以工作忙为由，总共就没出现过几次，难得出现一次，也是为了来拿钱，根本不看一眼宝平。娘儿俩终日都在担心会生个女儿，自己心里先矮了一截，也不敢对徐胜利的做法有所指摘。

离预产期不到一个月的时候，宝平觉得肚子有些发紧，一家人连忙赶去医院，去的路上婆婆有点兴奋：“我找人问了，人家说如果是儿子，就会比预产期提前生，如果是女儿，就会比预产期推后生。你这提前了这么多，会不会是个儿子？！”

检查结果出来，医生说只是假性宫缩，临产前一个月出现这种情况，属于正常，让她回去多休息。

宝平和婆婆不信医生的话，觉得他不负责任：“我们如果怀的是儿子，就会比预产期提前生，你再给看看……”俩人在医生办公室折腾了好一阵，才不情不愿地回了家。

刚一足月，宝平又跑来医院，坚持让医生给输了催产素，比预产期提前十天生下了小虎。当看到真的是男孩的时候，宝平和婆婆都乐开了花。

在产房里，我婆婆把以前在家里作妖的经验，一五一十地传授给了女儿：“为什么老话说母凭子贵？这是有道理的。你就等着吧，现在儿子也生了，徐家全家都得把你当宝贝一样地供着，你现在就趁机拿住他们。”

出院以后，宝平觉得自己跟以前不一样了，坚决不回徐胜利老家坐月子。徐胜利又没钱买房，公婆耐不住她软磨硬泡，把家里一套闲置的两居室给了宝平，让她们一家三口搬了进去。

徐胜利嘴上一口一个“我们不要，以后我买了更大的就还给你们”，心里可是乐滋滋的。“以后”是什么时候谁说得清，他心头最惦记的事情，还是在单位赶紧升官。伺候月子照顾宝平的任务，自然而然落到了我婆婆身上。徐胜利依然时不时跟老丈人借钱去送礼，跟大家描绘自己即将发达的白日梦。

[5]

待产的这段日子，我时常会回想起自己的大学生活。

青春偶像剧里描述的那些跌宕又美好的大学故事，并没有发生在我身上，记忆里留存的都是一些平凡小事。我也忘了是从什么时候起，接受了自己就是个很普通的普通人。

我读大学的时候，姐姐在北京的工作已经颇有成绩。即使是春节假期，她回到家里，也是片刻不得闲。就算是陪我和妈妈坐在沙发上看电视，也是抱着电脑，皱着眉头，眼睛都不眨地打字，手机屏幕一亮就赶紧拿起来，我们跟她说话也听不见。因为长期伏案工作导致的腰肌劳损，让她疼得每隔一段时间就要站起来溜达几步，就这几步，也是手机不离身。晚上我们都睡了，她却常工作到凌晨，偶尔我半夜起来上厕所，看见她还在对着电脑打字。

我看着她的样子，心里说不出是一种怎样的感觉。羡慕一定是有的，但这羡慕又不那么纯粹，因为我并不想经历她所经历的那些辛苦。有时候听到她接工作电话，朝着另一端歇斯底里大吼，我甚至觉得有点可怕。原来工作可以让一个人露出完全不同的模样。

回到我自己的小世界，感觉周围一切都是安全的、简单的。跟宝生的感情稳定，学校离家只有四十分钟的车程，想回就可以随时回来。一直以来，我的目标都是明确的——读完大学就结婚。

现在找出当时用过的旧手机，去翻看我和宝生的那些往返短信，能回想起当时的更多细节，想起自己曾有过的青春年华。身边有同学陪伴的日子，还是很快乐的。那些短信，有时会让我笑出声，有时会让我心中涌起伤感，但无论何种情绪，都能让我从眼前的现实短暂逃离。

只有在这样的时候，我才会暂时忘掉自己已经陷入一个身不由己的囚笼。如今的生活，尽管如愿跟喜欢的人结了婚，还在孕育着一个新生命，但我却像是被无形的绳索捆绑住了一样，经常感到无法呼吸。

现在每天最放松的时刻，是等公婆都去睡觉之后，跟宝生回到属于自己的房间里，两人说些悄悄话。我也有机会跟丈夫诉说一点委屈。我不确定他能不能全然理解，但是能够说出来，已经是莫大的解脱了。宝生对我的安慰永远都是“忍一忍吧，只要你忍让一点，他们自然会发觉你的好”。

只是有一个深藏在内心的恐惧，我无法向宝生说出口。有那么一两个瞬间，当我看着坐在沙发上对着电视面无表情的宝平时，仿佛看到未来的我也一身邋遢地坐在她旁边。

那个未来的我问现在的我：你和她有什么区别？

这个问题让我惊出一身冷汗。

[6]

整个孕期，我全方位地体会到了“恶婆婆”的含义。

孕妇容易困，我回屋刚躺下，卧室的门就会被推开，准是婆婆走进来大声说：“陶然，你不要这么懒，别老睡觉，赶紧起来活动活动，不然到时候生不出来。”

每次做饭，婆婆都会让我在旁边看着，和我聊天，“不要老坐着，对你身体不好”。被冲天的油烟呛得咳嗽，我想起宝平之前的炫耀，“我怀孕的时候我妈都不让我进厨房，怕炒菜的时候熏着我”。

饭刚刚吃到一半，婆婆就会提醒：“吃点就行了，你看你现在胖的，像吹起来的气球一样，人家怀孕都吃不下，你倒好，就差把碗吃了。”

她听不到我的腿因为缺钙导致一活动就嘎嘎作响，也看不到我因为孕期贫血越来越苍白的脸。一日三餐给宝生、宝平吃大鱼大肉，给我吃清淡蔬菜，如果宝生疑惑为什么不让我吃肉，婆婆和宝平就会一唱一和地说，“吃太多肉会出现高血压、糖尿病，对孩子不好”，一听这话，宝生就不再多问了。

除了这些，每天我必然还会听到的几句话是：“陶然，怎么也不见你有胎动？是不是有什么毛病？你姐怀小虎那会儿动得可欢了，人家都说活动得欢的是儿子，看来你是没你姐那福气，估计是个赔钱的闺女。女孩有什么用，白费半天劲，最后还不是拍拍屁股嫁人？老话说得好，薄碱是地，秃瞎是儿。我早就说了，你身子这么单薄，一看就生不出儿子……”

这些话听多了，耳朵也就长茧了，左耳进右耳出就好。很快，我婆婆和大姑姐让我开了新的眼界。

就在前几天，我去商场的婴儿区闲逛，不巧在一楼大厅碰到了宝平和她闺密。她一看到我，就急急忙忙地凑上来问：“陶然，你带了多少钱？”

“出门的时候，宝生说没空陪我来，就给了我一张卡，我也不知道有多少钱。”

一听说我带了卡，宝平立马亲密地挽住我的手，步子也迈得欢快起来：“哎哟，真是财大气粗啊，我怎么就没个让我拿卡随便刷的老公，你咋这么幸运呢。”

乍一听是句奉承的话，但我觉得一点也不好听。她闺密在旁边，意味深长地看了我一眼。

商场正在搞促销活动，宝平热情地拉着我一起去试衣服，我不好推托，只能硬着头皮一起。

既然是促销期，那肯定是先奔打折区。可一到女士服装那一层，宝平就直奔新品区去了。连店里的售货员都劝她，现在活动力度大，买打折的特别合适，宝平却大模大样地说：“没事，我不在乎钱，我就想买我喜欢的、好看的，把新款的衣服都拿过来让我试试。”

售货员们一听，赶紧都凑过来为她服务。宝平一脸满足。

我转了一圈，相中了一件新款的大衣，可惜不打折，要两千多块，没舍得买，最后挑了两件合适又好看的打折款。而宝平早已打包起了好几套新款。交钱的时候，她压根没拿出自己带的钱，而是指着我对收银员说：“我俩的一块儿算，跟她的刷到一起吧。”

这一趟，宝平买了大几千块的衣服，够她穿一季的了。

回家路上，婆婆打电话来说饭做好了，听说我和宝平在一块儿，让我叫她一起回去吃。到了楼下，宝平把衣服放在车里没拿上去，还嘱咐我别和家里说她买了这么多，不然婆婆又该说她花钱大手大脚了。我只能含糊答应。

一进门，宝生就问我：“今天怎么刷了那么多钱？”

还没等我回答，宝平就抢着说：“我们俩一起买的。”

几天之后，我看到朋友圈里有人晒出之前看中的大衣，说是赶上了折扣，很划算。我赶紧发微信过去问，得知那件衣服现在已经半价，想起妈妈今天正好在市里，就打电话过去，请妈妈帮我带一件回来。

妈妈把衣服送来的时候，赶上家里没人，就上楼来坐了一会儿。平时如果家里有人，她即使来找我，也不会上楼。我完全能理解她。我婆婆是个毫无情商又自视甚高的人，跟谁说话都不过脑子，我妈当了很多年老师，跟我婆婆聊不到一块儿去。

这件大衣是黑色茧形的，穿上身很合适，还能遮住肚子，我挺开心，就拍了照发给宝生，说“我妈送我的礼物”。

到了晚上，一家人吃完饭，我正在厨房刷碗，就见婆婆和宝平把宝生叫去屋里，不知道在咕哝些什么。

正琢磨着，就听宝生叫我：“陶然，你的衣服到底是你妈买的还是你自己买的？”

我不解，把手上的水往围裙上擦擦，问道：“怎么了？”

“你怎么嘴这么快啊，跟你说点什么你都往外传。”这是婆婆的声音。

“不是我姐说她买的那件大衣两千多吗，说这么贵的衣服，她妈肯定不舍得给她买，我问问到底怎么回事。陶然，要不你把小票拿来给她们看看。”宝生把矛头指向姐姐。

“你什么意思？你意思是我挑拨你们，是吗？我这是为你好，你不明白吗？”宝平脸上挂不住了。

我回屋拿了小票，塞到宝平手里。“这是小票，打折的。一千。是我妈给我买的，没花你家的钱。你要是不信，咱们现在就给我妈打个电话问问。”

“哎哟，一件衣服，花谁的钱不是花啊。我不是那个意思，我刚才是说别人呢，没说你。你问宝生，我是不是什么都没说？”婆婆赶紧找补。

“就是啊。我们只是说，现在有些男的特别吃女的哄，这女的当着他面一套，背着他又是一套，三言两语就能把男的哄得像个傻子一样。我是怕我弟弟被骗，提醒提醒，怎么了？”宝平斜着眼道。

“你说的那些我不知道。我只知道，就算这件衣服是我老公买的，也没什么值得在背后议论的。”这是我嫁过来之后，第一次表达反抗。

一直没发话的公公看不下去了：“算了算了，多大点事儿。快别说了。”

我把围裙摘下来，甩在台面上，瞪了宝生一眼。我知道他是在用自己的方式支持我，可我却完全高兴不起来。

那一刻我下定决心，一定要从这个家里搬出去。

[7]

当初，公公用家里的全部积蓄办了这个污水处理厂，婆婆极力反对却也无能为力。幸运的是，厂子赶上了好时候，生意很红火，她又开始跟大家说是因为她旺夫。

这些年，家里越来越宽裕，她瞬间有种一夜暴富的错觉，所有东西只买贵的不买对的。她忘了家里的钱也是辛苦钱，忘了自己也经历过困苦的日子，觉得只有没钱不讲究的人才会买便宜东西，便宜肯定没好货。

虽然生活好了，可之前的邋遢习惯却没有改变，她照样不停囤积各种用不到的东西，挺大的房子被她塞得满满当当，到处都是杂物。不仅如此，她还经常在楼道的公共区域摆放各种杂物，鞋架子、纸箱子、塑料袋……刚开始东西不多的时候，邻居们会礼貌地提醒她及时把垃圾扔掉，她表面上应承下来，回家来就骂对方“狗拿耗子多管闲事”，之后照样我行我素。

后来，她干脆在楼道里放了一个柜子，里面塞着各种各样不确定是否要扔掉的东西。柜子严重阻碍了行走，邻居们再也没办法忍受了，说了她几次她都不听，干脆去物业调了监控，把她往柜子里堆东西的画面打印了出来，上面写着“请 302 的邻居不要侵占公共空间，造成消防隐患”，张贴了好几张在楼道和电梯里。我公公回家看到之后，进门把她大骂一顿，差点上手抽她大嘴巴，她这才请收废品的把柜子拿走了。

我和宝生结婚之后，做家务的任务自然都落在了我头上，婆婆和宝平从来没有停止过找碴儿：这脏了，那乱了，怀个孕就觉得自己娇贵了，天天懒在家里什么都不干，除了吃就是睡……

今天，把客厅和厨房收拾完毕，看看时间，早上九点多，现在宝平还不会起床，中午之前的这点时间，是完全属于我自己的。我回到卧室躺了下来，让腰部休息一会儿，心里盘算着，到底怎么样才能搬走。

此刻最庆幸的，就是当初姐姐坚持让把嫁妆从现金变成了房子。

家里为我的婚礼准备了二十万，但姐姐建议拿这笔钱给我买个房，只写我的名字，作为我的后路和底气。当时我听说后还有点犹豫，觉得这样显得我没把宝生当自己人，把钱直接拿在我手里不也一样嘛。可姐姐毫不留情地说：“钱在你手里，哪天宝生或者他爸妈跟你说，家里生意需要钱周转，你拿不拿出来？拿出来之后，你还往回要不要？听我的，就买房，没得商量。”

这笔钱在县城只能买一套二手房，婆婆知道后没少在宝生耳边吹风，说哪有人结婚买二手房的，买不起就买不起，充什么大头。公公虽然没反对，但也不停地出谋划策，这个小区不行，那个小区太老，这个面积太小，那个朝向不好。直到他们知道这套房只写了我的名字，而且属于婚前财产时，才停止了各种絮叨，很长时间没给我好脸色。

姐姐果然有先见之明，早上吃饭的时候，公公和宝生就在聊厂里需要资金周转的事情，说这些时，婆婆时不时拿眼睛剜我几下，我当然能读出她的心思。估计去工厂的路上，老两口会继续跟宝生抱怨，左不过就是陶然要是没拿嫁妆买房，现在就能给家里帮上忙，结果人家把你当外人之类的话。

现在那套房已经办完手续了，如果能尽快开始装修，装完还能有充分的时间通风，到孩子出生的时候，就能搬进新家去住了。这是我现在最大的期待——在自己的地盘坐月子。

之前我曾经试探过宝生的意思，他未置可否，只说："我爸妈都是比较传统的父母，还是希望咱们能跟他们住在一起。其实跟我妈一起也挺好，你有什么事她还能照顾你。她这个人心眼儿不坏，只是说话不饶人而已，你当作听不见就好了。"

我知道，宝生并不想搬走，他很享受把我托付给家人自己乐得自在的日子，只会在婆婆表现得太过分的事情上维护我，其他情况下，除非触犯到他的底线，不然他还是会把"我妈没有恶意，我得孝顺她，我妈生我养我不容易"这类话挂在嘴边。

好笑的是，宝生那些所谓底线其实非常幼稚，比如他会因为自己打游戏被他妈妈影响了而发飙，摔盘砸碗，但我被欺负的时候，他会说"我能怎么办？毕竟这是我的父母，说你两句也不会影响你什么，忍一忍就过去了""你在自己身上找找原因，学着会说话一点，说不定她就对你有改观了"。他活脱脱就是一个被宠坏了的男孩，完全不懂体谅我的感受。

期待他能爽快地拿出装修费用，把一应事宜全都安排好，目前看来希望渺茫，我只能找机会继续磨。

傍晚，宝生从厂里回来，很累的样子，进屋就躺下休息。我又跟他提起这件事，宝生嘴里应了两声，就打起了盹儿。

晚饭时间，我给宝生使了个眼色。他会意："妈，这几天你跟我们一起去看看建材吧。我们想把房子装修一下。"

"房写你名字了吗？"婆婆直指要害。

"人家家里给她买的房子，为什么要写我的名字？"宝生夹了一大口菜塞进嘴里。

"那谁买的谁装修呗，你操那个心干吗？"婆婆用力喝了一口粥，发出很大的声音，那声音里分明带着不爽。

这句话之后，饭桌上鸦雀无声。宝生没再说话，吃过饭就出去了。

我内心升腾起一种不满的情绪，说不清这情绪是对着讲话不留情面的婆婆、并不真正在乎我的感受的丈夫，还是对着软弱无能、大事小事都要看人家脸色的自己。

我觉得自己被卡在了一个进退两难的境地，找不到出口。我从来没有像此刻这样无助过。

被这件事卡了好几天，我跟爸爸开口试探，问他有没有可能给我拿出装修的钱，没想到他完全不赞同我搬出去住——"你现在最重要的任务，就是把握住你和宝生的关系，不要被别人影响，哪怕委屈也得忍让。只有你们俩一条心，你在这个家里才能有立足之地。宝生如果不愿意搬家，你就不要急着搬……”这些话让我的心凉了半截。

在妈妈那边，我也碰了壁。妈妈一直就是个脾气很硬的人，如果不是这样，她当初也不可能坚决跟爸爸离婚。我知道她对我婆婆家是满肚子的怨气和满心的看不上，但是碍于我的感受，也没法经常表达。这次我跟她提装修的钱，她攒在心里的不爽一下子被激发出来了：“房子已经是家里花钱买的了，怎么就不能让宝生去要钱装修？你怎么这么没出息？”

妈妈这句话太狠了，我的眼泪一瞬间就掉了下来。胸口那压抑着的情绪一触即发。

能说话的人只剩下姐姐了。平时我不太会直接打电话给她，知道她忙，但现在已经顾不上那么多了。电话接通，她那边声音特别嘈杂：“什么事？我现在在发布会现场，能不能一会儿再打给你？”

十五分钟之后，姐姐打来，原来今天是一部电影的首映，刚才听到的乱糟糟的声音，是现场在播放电影的预告片。她找了发布会结束后、专访开始前的空当跟我说话。她在电话那头的声音很急迫，时不时还要回答别人来问的问题，我没办法清楚连贯地表达自己的想法，只能一直哭。

她被我哭得心烦意乱，跟我说：“情况我大概知道了，我这里现场出了一些状况，得赶紧去处理，你等我晚上回你。”

陶然，

白天在电话里，我大概听明白了你的意思。你现在一定觉得很委屈吧。

我猜你的想法是这样的：家里既然都帮我买了房子，为什么不能再多花几万块钱帮我装修好？又不是没有钱，为什么不尽快帮我脱离苦海？明明知道我最大的愿望就是搬出去，为什么不帮我？我现在大着肚子，每天承受婆家人的冷嘲热讽，情绪已经这么脆弱，为什么还要讽刺我？

这是你现在的心态吧？

但你冷静下来，摸着良心想一想，你作为我们的家人，自己心中的那杆秤，是不是早已严重偏斜了？你是因为在那样一群人身边生活久了，慢慢地被他们的理论影响，接受了他们的价值观了吗？

也许你心里也觉得他们不对，但是你觉得自己无能为力，所以只能接受。你婆婆在双方家长见面的饭局上说了几句好听话，你就觉得这已经是给了你天大的面子。你老公在回门宴上跟张曼阿姨改了口叫了声妈，你也觉得这已经是莫大的恩惠。那么你把我们一家人的尊严置于何地？

陶然，家人对你的爱，不应该成为你自私的筹码。是，别人不在乎你的身体和心情，我们在乎，所以你就可以对我们肆无忌惮地发泄怨气吗？

你骨子里深藏的软弱，在对婚姻的处理上彻底地表现了出来。你之所以会有现在这样的心态，根本的原因，是你把婆家这边的事情全部归为无解的难题。你从来不觉得这是可以解决的，所以当你在婆家遇到任何事，第一反应就是：我没有办法，我惹不起。

被人欺负得无处可逃了，你只会想爸爸可以怎样，妈妈可以怎样，姐姐可以怎样。如果家人不管我，不理解我，那我只能把自己憋屈死。

如果我也像你一样，是不是在毕业解决不了北京户口的时候，也要抱怨爸妈不够有钱有势？工作后被上司欺负、同事刁难的时候，是不是也要跟爸妈哭诉让他们来帮我解决？

陶然，既然你选择了跟这家人一起生活，你就不可能永远逃避。你现在一直退一直退，但总有一天要面对。爸、妈和我无法帮你解决你生活里的所有问题。

现在事情的重点，根本就不是你所认为的装修和搬家，而是，你到底何时能有勇气对抗这家人？就算不愿意选择正面冲突的方式，你是否可以用你的聪明才智跟这帮人周旋，以达到自己的目的？

如果你说，你没办法，你做不到，那么我告诉你，我们也帮不了你，这是你自己的人生。我已经说过无数次，你二十二岁了，你选择结婚、生子，你就已经是个大人了。你必须用大人的身份和思维方式去面对这个世界。

姐

2013年9月13日

姐，

结婚之后的这段时间，我有时也很后悔，也总想这个选择是不是错的，甚至曾经好几次，我也真的想到拿掉孩子离开这里，可是我舍不得。

这些天我一直想着装修的事，被冲昏了头脑，只想马上搬出去。不过你说的对，搬出去也解决不了根本问题。

我很多时候不知道怎么办，我确实太软弱，结婚之后才发现好多事根本处理不了。我也知道没人能帮我搞定所有麻烦。

以前我总是觉得人心换人心，可这个道理在这个家庭根本用不上。我没想到自己千辛万苦争取来的梦想中的生活，却让我这么束手束脚，你说我要对抗，可我不知道该怎么去对抗……

陶然

2013 年 9 月 13 日

陶然，

所谓的“对抗”，不是要你跟他们吵架、打架，而是让你好好想一想，这一家人有没有弱点，如何抓住他们的弱点，把事情引到自己希望的方向。

相信我，任何人都有弱点，都有他们害怕的事情，像你婆婆这种没文化也没什么真正心计的泼妇，她的弱点一定更多、更明显，你一定可以找得出来。

就像我每天在工作中都要去琢磨类似问题一样，哪一次商业谈判，桌子两端的人不是在斗智斗勇，避免亮出自己的底牌，又试图掀开对方的底牌呢？

实在没别的招，撒泼打滚也未必不是一种方法。只是你过去没从这个角度想过，你早就把这扇门关上了。你在电话里跟我说，“连她儿子都要不出来装修的钱，我怎么可能要得出来？我要不出来钱，妈凭什么说我没出息？”听到你说的这些话我真的特别生气。

作为成年人，不管是心理上还是经济上，都不能再理所当然地依赖父母了。我不去批评你花家里的钱，家人之间本来就是要互相扶持，你暂时没有钱，大家支援你也无可厚非，但是我要跟你说的重点是，陶然，请你把你的心摆正，你要有正确的立场，你要明辨是非，你要知道理解父母，也要懂得自己去处理未来的生活，而不是在这种龌龊家庭的压迫下，形成跟他们一样的逻辑。

只是从头到尾，我一直想不明白一件事，那就是你到底为什么那么爱这个人。我真的是完全不理解。若说优点，除了外形还不错之外，还有任何其他的吗？即使不从物质的角度去评判，就只拿一条标准跟你讨论：他对你好吗？他值得你为他这样付出吗？

你们俩结婚之后，先不管他妈妈和姐姐怎么欺负你，只说你老公，如果他真的特别担心你的身体，特别体谅你的心情，希望你每天可以开开心心地待产，他会不知道你最大的愿望是搬出去吗？

别说他家有不止一栋房子，就算没有其他房子，只要他坚持，就先在毛坯房里面摆张床，支个煤气灶，不也是个决绝的姿态吗？他爸妈如果看到这阵势，会真的不给他装修的钱吗？

所以，面对今后的生活，你只有两个选择，要么强硬起来，或者至少聪明起来，找到应对他们的办法，要么就只能继续忍气吞声。

怀孕时已经是这么低的地位了，将来孩子生了，不管是儿子还是女儿，你在他们面前都无法翻身。也许人家压根不在乎你这一胎，反正他们家儿子是最宝贵的，随便换个女的都可以生孩子，人家没觉得你对他们有任何价值。这样下去，你只会被他们全家人一直欺压到底。

说实话，你经历的那些事，如果不是真的发生在你身上，我都无法相信这世界上会有这样的家庭。

陶然，你把你的生活过成现在这副样子，让我在夜里失眠的时候想起来心痛得要命，我那个处在二十二岁的花季、应该去享受美好生活的妹妹，现在每天跟一群这样的人在一起，被他们欺负，被他们改造着价值观而不自知，还要承受身体的痛苦和心理的折磨，可我却完全无能为力。

我只能说，我好恨你把我妹妹的生活过成了这番天地……

可无论如何，你都是我世上唯一的亲生的妹妹。你的一举一动都会时刻牵动我的心。我真的希望你能坚强起来，有朝一日可以开心起来，这开心不是我们带给你的，是你自己为自己争取来的。

愿你尽快回到我们都爱的那个善良的、聪明的、勇敢的陶然。

姐

2013年9月14日

姐，

就像你说的，我只能坚强起来，找到应对的方法，让自己过得更好一点。

说不定这也是生活给我的磨炼，我坚信善良的人一定会得到生活的善待。

我应该让自己在这个环境里幸福起来。

陶然

2013 年 9 月 15 日

[8]

微信提示有新信息。打开，是大学好友群里有动静。

婚礼那天，几位关系好的舍友全都赶来了，让我心里很安慰。点开，看到林小雨分享了好几张婚礼当天的照片。

“这几张在我男朋友手机里，我也是今天才看到，分享给大家。”

照片里的我和宝生笑意盈盈地依偎在一起，周围是各位亲戚、朋友，空中飘浮着彩带……我看着照片，心里不免慨叹。

有人把其中一张图里的细节放大截图，在一个人的头上画了个圈，发到群里问我：“这是你家的什么亲戚呀？”

我一看，胸前戴着一朵“嘉宾”的花，脸上的表情似笑非笑，这不是婆婆吗？

“这是我婆婆啊。”

“什么？我天！这就精彩了……”

接下来，群里的姐妹们你一言我一语，帮我还原了婚礼当天的一个场景。

那天，婚礼的排场还算不错，接亲的车一辆接一辆。不知道是巧合还是故意，酒店宴会厅的仪式结束之后，我婆婆跟这几位同学上了一辆车。车子要把大家带到陈家，再到家里热闹一番。

在车上，我婆婆问大家：“你们都是陶然的同学吧？”

“是啊。”“对。”大家七嘴八舌地应道。

“我是她们家亲戚。陶然找的这个婆家是真不错啊。”

大家听到这种场面话，自然也都跟着附和道：“是啊是啊。”

我婆婆面露喜色：“你们肯定都特别羡慕她吧，找了个这么有钱的。”

这话听起来有点怪，但毕竟是在长辈面前，大家也不好说什么，干脆一块起哄：“可不是嘛，我们都特别替她高兴。”

接下来十多分钟的路程，我婆婆自顾自地一直说着，大家见她这般，只能一直回以尴尬的微笑。

这下破案了。

原来是婆婆假扮亲戚，特意在我同学面前散播消息。我这才想起来，怪不得婚礼结束的当天晚上，婆婆一直跟我强调“你的同学们都可羡慕你了，说你找了个特别好的人家，又有钱又气派”。

群里的姐妹们并不了解这段时间我的日子是怎么过的。对于自己婚后这几个月的遭遇，我根本无法说出口。看着群里大家开着善意的玩笑，说你婆婆还挺逗，居然这么会演，你应该给她颁个奖……我感觉眼前一片模糊，水蒸气蒙住了双眼，随后大滴大滴地溢了出来。

我的生活果然“比最烂俗的电视剧还奇葩”。正想给姐姐发信息，就看到邮箱有一封新的邮件。

陶然，

其实很多时候，当我想不通你的选择时，我就会跟自己说，也许这是因果报应，也许你上辈子欠了这家人的债，这辈子要用这种方式还债。这是我走投无路之后给自己的解释，是不是很可笑？

怕你看了我前面的信过于灰心，我想起有件重要的事一定要告诉你：人生在世，只要我们还活着，就永远有希望。我们已经很幸运，没有生在战争年代、生在乱世，没有生在贫瘠的地方，我们的人生永远有很多可能性。

你是一个优秀的孩子，你身上有很多珍贵的基因，它们来源于有才华的爸爸妈妈，而且我们还生在了一个可以追求自己的幸福的时代。你应该去做美好的创作，去看美好的世界，去过美好的生活，而不是跟一群不可理喻的烂人耗在一起，浪费你的青春、你的才华，让爸妈和我替你惋惜，替你难过，替你不值。

我小时候就一直确信自己的未来会很好，即使这样，也想不到可以走到今天的程度，也许将来还可以更好。最近在准备要带去伦敦的行李时，我甚至会想，会不会在平行时空中，我的妹妹正在伦敦等着我……

在对于人生的选择上，我一直认为你会跟我一样，也应该跟我一样。我们开发自己全部的潜力，让自己过得越来越好，让爸妈越来越为我们骄傲。所以我想告诉你的是，不要低估生活将要带给你的惊喜，更不要像你现在这样，还没看到那些惊喜就已经放弃，一味地陷入自怨自艾中去。

即使你走到今天这一步，也远远不是世界末日。

无论如何，你为自己的爱情付出了真心和努力，你已经很有勇气，你也对得起自己曾经的付出。我做一个假设，就算你将来二十几岁带着孩子来到北京，我也保证你不会无依无靠，你会拥有属于自己的一片天，我相信你依然可以拥有美好的爱情。所以，对于未来，没什么好怕的，你现在要做的，是让自己勇敢起来，敢于去反抗这样的生活，或者干脆早点逃离这样的生活。

关于生孩子这事，你是非常坚定的。既然坚定，作为母亲，你就有责任去保证孩子健康成长，让他尽量少受周围人的影响。你现在身处的环境、灰暗的心情，对他没有好处，光凭这点，你也要尽快调整自己。外界的情况短时间内无法改变，你只能让自己的心变强大，一味地怨天尤人毫无意义。

好好珍惜自己，因为伤害你的人让自己受委屈受折磨，是全天下最不值的事。你要从枷锁里走出来，要相信无论生活走向何方，你永远有重新选择的机会。

加油。

姐

2013年9月20日

姐，

我会努力的。

最近只要有时间，我就会把你写给我的信拿出来看，给自己一些力量。

加油。

陶然

2013年9月20日

[9]

我的预产期到了。

凌晨，宫缩一阵阵加剧，我赶紧叫醒宝生。两人手忙脚乱收拾了东西就开车去了市里的妇幼医院。医生检查说刚开了一指，暂时无法预测还有多久生，让先在病房里住下来。一直到清晨，站也不是，坐也不是，躺也不是，浑身难受，只能趁着中间不疼的时候稍微缓一下。

上午十点多，我刚睡着，就听见婆婆到了病房。

“妈，刘民让我赶紧去一趟，说前几天送的货有问题，我说家里有事回不去，他非说不行。你替我看一阵子，我去一趟赶紧回来。”这是宝生的声音。

“快去吧，快去吧，这里有我呢。再说了，不就生个孩子嘛，多大点事啊。”婆婆说。

我不希望丈夫在这么重要的时刻离开，更不希望自己这时候还要单独跟婆婆共处一室，可是折腾了一夜，没有力气说话，也知道就算挽留也没用。轻叹一口气，我跟自己说，赶紧睡着吧，睡着就不疼也不烦了。

宝生出门后，婆婆走到病床旁边，拍拍我的胳膊：“快醒醒，别睡了，赶紧起来溜达溜达，要不然一会儿生不出来。”

“妈，我一晚上没睡，太困了，趁不疼的时候眯一会儿。”

婆婆就像没听见一样，一把把我拉起来：“别眯了，什么时候了还眯？起来溜达溜达赶紧生了算了。”

我被薅了起来，只能皱着眉头，把沉重的两条腿搬下床，趿拉上拖鞋，艰难地迈开脚步。

看着我在房间里缓慢地转圈，婆婆满意地起身：“就是，动一动，一会儿就生了。”丢下这句话，她转身出了门。

见婆婆出去了，我赶紧坐到病床上，但又不敢躺倒，怕婆婆马上就回来，不一会儿，头就开始一点一点地打盹儿。

走廊上推车的声音响起来，我一下子醒了。看婆婆还没回来，心里纳闷，走到门口一看，她正跟对面病房的人聊天：“哎哟，你家真是有福气啊，媳妇儿真是会生，你看这大胖小子真招人喜欢……”

心中一阵苦涩，随之而来的是一阵非常猛烈的宫缩，我痛得冒出一身冷汗。赶忙呼叫医生来检查，说宫口已经快开全了，护士让我坐上轮椅赶紧去产房，婆婆没听到这边的动静，还在对门继续聊着天。

生完回到病房，觉得体力稍稍恢复，我拿起手机，给爸妈和身在伦敦的姐姐分别发了信息：“放心吧，生得很快，中午十二点十三分生，八斤一两，五十一厘米，大长腿。我开全了进去，二十分钟就生完了。母女平安。”

这边婆婆听护士说孩子八斤多，脱口而出："八斤多可不好，六斤才是黄金宝宝的体重呢，对吧？"

护士疑惑地看她一眼，没答话，继续跟我交代注意事项。

"陶然，你姐生小虎的时候就是六斤多点，现在孩子长大了，你看多壮实啊，都不怎么生病。你这八斤多可不好，将来长成个大胖闺女，嫁都嫁不出去。"

我没理她。刚收到信息，妈妈就快到医院了。我盼着见到自己的亲人。宝生直到现在还没回来，实在令人失望。

妈妈一进病房，先奔着我过来，看我气色还可以，说话也挺有力气，这才放下心来，去旁边看小孩子。小婴儿脸红红的，皮肤有点皱巴巴，眼睛很大，确实是个大长腿的姑娘。隔辈怎么看怎么亲，妈妈脸上露出欣慰的笑容。

护士在旁边提醒，每个病房只能有一位家属留下陪护过夜，婆婆见我妈主动表示今晚留下，也没客气，马上拎起小包走了，出门前撂下一句——"早早地我就来了，一下没闲着，可累死我了。"

婆婆出门之后，我大大地松了一口气。原本应该好好休息，但心里委屈得不得了，迫不及待先跟妈妈吐槽了一番，说完才感觉一阵深深的困意袭来，我终于踏踏实实地睡着了。

宝生直到傍晚才出现在病房，妈妈见他来了，就说要出门去买东西，"我看医院门口有水果摊，我去买点陶然爱吃的水果"，我知道她是想把单独相处的空间留给我们这对刚刚迎来新生命的夫妻。尽管对这个女婿远远谈不上满意，亲家更是一塌糊涂，但说到底，这是我自己做的选择，她身为长辈，没办法干涉太多，只能盼着宝生能越来越成熟，懂得体谅妻子，承担起家庭的责任。

第二天下午，婆婆带着自己的枕头和被褥来了。我妈为了照顾孩子一宿没怎么睡，见亲家来了，就先回家了。

进屋后，婆婆看都没看孙女，铺好自己的陪护床，拿起暖壶想喝水，见壶是空的，便嘟嘟囔囔地出去打水。出去半天不见她回来，旁边床的家属好心帮我去找，发现她和隔壁屋产妇的婆婆聊起来了。

吃过晚饭，婆婆早早躺下休息。护士进来嘱咐大家，病房的门没有锁，让各家看顾好自己的孩子，说前阵子别的医院有进病房偷小孩的。这可把我吓坏了，一晚上都盯着宝宝，没敢睡。

次日早上护士来给我抽血的时候，婆婆还在旁边睡得实实的。直到宝生推门进来，不小心碰倒了门后的铁簸箕，她才醒了过来，一见宝生来了，立马说："你不知道啊，昨天我一晚上没睡，生怕你媳妇和孩子有什么问题，眼巴巴地盯着，可给我累坏了，不过你媳妇睡得倒挺踏实。"

听完这话，连隔壁床的产妇都朝我递过来一个吃惊的眼神。

入院的第三天，婆婆就开始撺掇我出院，可是伤口还没恢复好，医生并不赞同。婆婆听完不乐意了："陶然，医院这都是吓唬你，想多挣咱们几天住院费知道吗？哪有那么大事？我们那时候谁不是在家里就直接生了，根本就没有住院这一说，你们现在这些小姑娘真是娇气。"

我何尝不想出院，婆婆在医院陪着的时间，满打满算也不过两天，我却觉得已经过了一个世纪那么久。可是我在孕期已经贫血，产后出血又有点多，医生建议再留院观察几天，宝宝也还有几项检查没做完……

最终，在医院又耗了两天，到第五天才办理出院。

“宝生，我想到咱们的新房里去坐月子。”准备出院那天，我趁婆婆出门上厕所，赶紧跟丈夫商量这事。

自从下定决心要搬家，我就发现姐姐说的没错，只要拼命去想，办法总是有的。把结婚时亲戚朋友单独给我的那部分礼金凑了凑，又隔三岔五求着宝生陆续拿出几千块，我先让工人们在毛坯房里开了工，自己不方便去盯着，就让妈妈帮我看着点。把最基础所需的地砖、墙壁弄好，装上了简单的厨卫设施，家具选的是各种打折款，东拼西凑地混搭，根本没有风格可言，其他的零零碎碎都选最便宜的。小县城有一个好处就是熟人多，所有的卖家都是找的熟人，尽量让人家通融，一部分钱可以晚些付，就这么蚂蚁搬家式地施工，现在终于有点模样了。

“那边还没完全收拾好，你现在要是去坐月子，缺这少那的，咱们也麻烦，而且现在晾的时间不够长，万一还有甲醛残留，影响你和宝宝的身体就不好了。”宝生说的不无道理。

房子只是勉强能住人的程度，直接去坐月子确实有点冒险。可是连日来跟婆婆在病房的相处，我已经深深见识到什么叫“人前一套背后一套”，想到整个月子都要受制于她，我恨不得赶紧躲得远远的。

“不管怎么样，你帮我跟妈说说吧。白天有我妈给我送饭，晚上别人也帮不上什么忙。这样妈轻松，我也自在。这几天你不在，都不知道我是怎么过来的。”

宝生见我的语气带着恳求，自觉因为处理生意没来陪护，有点理亏，见婆婆回来病房，就试探道：“妈，陶然这月子我们就去新房那边坐吧，省得小孩哭闹影响你们休息。你白天过来送送饭就行了，这样你也轻松。”

“那怎么行？你们搬家了，我还得一趟一趟跑，哪有在自己家里方便？晚上万一孩子醒了闹了，我还能帮着陶然抱一把。你不懂，坐月子对女人可重要了，这个时候可别说什么轻松不轻松的话，坐好了月子才是第一位的。我回去就告诉宝平最近别过来了，咱们全家好好伺候陶然的月子。”

她说完又七手八脚地收拾起屋里的杂物，在旁人看来，俨然是个能干又贴心的婆婆。

我一瞬间恍惚了，开始怀疑自己，难道是因为怀孕生孩子导致情绪不稳，才对这个人产生那么大的误解？难道她真像宝生说的，只是心直口快不会说话，其实心眼挺好的？

婆婆话说到了这个份儿上，宝生早就感动得一塌糊涂。他朝我使了个眼神，意思是让我安心回家。看他俩已经拎着大包小包往外走，我就这么稀里糊涂地抱着宝宝，出院回家了。

[10]

现实果然是用来打脸的。回家后，我的月子就没有一天在平静中度过。

出院到家当天晚上，公公看见小孙女很高兴，抱在怀里端详了半天。婆婆也一直讲打疫苗的时候，一针扎下去她就哇哇大哭，看样子是个机灵的。宝生见爸妈情绪都还不错，就跟婆婆开起了玩笑：“这头一个大孙女，当奶奶的不得表示表示嘛，是给我们包个大红包还是买点啥礼物？”

还没等我的“不用”说出口，婆婆就说道：“这真是有了媳妇忘了娘。我这么累死累活地在医院里陪着陶然，几天几宿都睡不了觉，给我累得脑袋蒙，没听见你道声辛苦，倒先要起价来了。这么点儿个女娃娃，给了钱她会花吗？不知道是要给她还是给别人。”

“你不送就不送，说这些干什么？都什么年代了，男孩女孩都一样。人家生了孩子，姥姥、奶奶都给买点什么，我这跟你开玩笑，你倒联想到别处去了。”

“到什么年代男孩女孩也不一样。你们要真是生了个大孙子给我，别说红包了，金山我也给他。可惜是个孙女，我想给就给，不想给就不给。”

听见这些话，我心里一阵硌硬，赶紧抱着孩子进了卧室。

“这什么态度？生了个闺女就觉得了不起了？儿子生不出来也就算了，还天天挑唆我儿子跟我打架！”婆婆在客厅大声说。

宝生见这场面，后悔刚才提这话茬儿，赶紧堵他妈妈的嘴：“越说越上劲儿了，不管是男是女，我的孩子我喜欢。你不喜欢拉倒，我们也不缺你喜欢。”

这话把婆婆给刺着了，她开始更大声地咆哮。襁褓中的小宝贝在此刻适时大哭起来，我松了口气，关上卧室的门，给怀里的婴儿喂奶。喂奶的动作已经比较熟练，小朋友跟我配合得很好。盯着女儿用力吸吮的动作，我用意念把房门外的吵闹声隔绝了起来。

第二天上午，妈妈来家里探望，碰巧赶上婆婆在家。一见面，婆婆就忙不迭地吐槽道：“亲家母啊，这日子真是没法过了，你不知道昨天夫妻俩为了个红包怎么跟我闹啊……”接着把昨天晚上吵架的事情添油加醋描述了一番，把我们俩塑造成了只知道要钱的米虫。

末尾还直接对着我妈放了几句难听话，“你说说有他们两口子这样的吗？要不然他俩能看对眼呢，原来都是见钱眼开的畜生。昨天气得我自己在屋里掉眼泪，我儿子以前不是这样的，你不知道他以前多孝顺，现在怎么变成了这样……”

妈妈被这话恶心到了，但看着在人家家里坐月子的我，只能把一切咽进肚子里，还强忍着开解了婆婆几句，进卧室把带给我的东西放下，看了看小孩，就匆匆走了。

自打这次之后，原本就不喜欢来我家的妈妈，更是不愿来了。月子期间，如果要给我送东西，她会先问家里有没有别人，有的话就把东西放门口，让我自己开门取。

回到家没几天，宝平就像以前一样，每天早上带着小虎过来吃饭，吃完之后把小虎扔给我，再跟婆婆一起出门。刚开始她还比较节制，两三个钟头就回来，后来觉得这方法挺好，干脆每天傍晚才来接孩子。我一个人在家，看一个大的，再看一个小的，如果妈妈没送午饭过来，就只能自己点外卖。

这天晚上，婆婆急着去公园跳广场舞，在楼下给我买了两份饺子。她前脚刚走，公公和宝生后脚就回来了，我赶紧招呼他们一起吃，刚坐下，里屋睡着的宝宝醒了。公公见买来的饺子有荤有素，就给我捡了一碗素的，端进屋里。

宝生洗完脸，进门来换衣服，瞥见床头柜上的饺子透着一股绿色，不解地问："怎么你碗里的都是素馅？光吃素馅哪能有营养啊？我去给你换点肉的来。"说着，端着盘子出了门。

还没走到饭桌边，就听公公大声对他说："你让她吃素的吧，你看她那么胖，还吃什么肉！"

我听到这话，心里委屈又恶心，这哪里是公公该说的话。

"你这么胖了不也吃肉的吗？凭什么不让她吃？再说她现在喂奶呢，是减肥的时候吗？！"宝生没好气地边说边夹了一大碗肉饺子。

可我看着饺子，已经没了胃口。

婆婆不出门的日子里，在家除了炒白菜，炒青菜，炒各种菜，就是熬小米粥，熬玉米粥，熬各种粥，美其名曰为了给我减肥。这么吃了一阵子，刚刚下的奶减少了很多，我只好跟妈妈求助，让她每天炖一些下奶的汤送来。

有天傍晚，公公在门口遇到我妈，两人寒暄了几句，看到我妈手里拎的鸡汤，他张嘴就说："你怎么老给陶然弄那么油腻的汤啊，她现在那么胖，老喝这样的汤，以后还能瘦下来吗？！"

我妈心里不悦，面上只是笑笑，匆匆结束了谈话。

结婚前，我一米七的身高，才九十来斤，这也是婆婆一直觉得我不适合生养的原因。怀孕之后，吃饭时间不规律，加上心情郁闷，我变得特别爱吃甜食，仿佛只有吃甜的东西才能让我感到一丝幸福。慢慢地，我的体重到达了一百七十斤的巅峰。现在生完了，还有一百五十多斤。

婆婆见了家里那些下奶的汤，也不忘揶揄几句："你别喝了，没用。老话说了，胸大的女人饿死仔，你喝了只会给自己贴一身膘。我看你还是赶紧给我孙女喝奶粉吧，与其喝你那一星半点儿，不如直接吃饱痛快，别让孩子跟着你受罪。"

真是托婆婆的"福"，每天被这样的话语"激励"，我坚持喝了无数顿油腻又难喝的汤，把奶追得越来越多，让宝宝在不用添加奶粉的情况下，吃到了一岁半。

[11]

新手妈妈的挑战又何止下奶这一项。

从医院回来，孩子都是我一个人带，我心里总想着宝平的孩子大点了，遇到问题想请教一下，宝平从来都以“我哪知道啊，我都是瞎带”为由，不跟我细说，眼睛还是盯着电视屏幕不移开。

自己换尿布，冲奶粉，洗衣服，拍嗝儿，应对宝宝突然出现的不舒服。大部分时候，家里从早到晚都只有我一个人，婆婆打着“怕宝生影响我和孩子休息”的旗号，让他搬去了另一个屋住。她知道我不会麻烦她，但也不想让我“使唤”她的宝贝儿子。

那陈宝生这个新手爸爸表现得怎么样呢？

月子里，他白天在厂里忙完，就去和朋友一块儿吃饭，吃完再去网吧打游戏，一点都不着急回家。

以前上学的时候，婆婆觉得辐射对身体不好，盯着屏幕伤眼，从来不让他玩电脑，家里也没给他买电脑，那时他常跑去网吧里玩。发现他和我谈恋爱之后，婆婆总觉得是我带坏了她儿子。

结婚之后，婆婆明知道他从厂里下班就去网吧，却再也没有干涉过。有时候，晚上十一二点了还不见他回来，我刚打个电话问问，婆婆就来劝我早点睡觉，说他那么大人了不用我管，男人在外面，女人老打电话，会让他没面子。

很多次宝生回来的时候，公婆和孩子都睡着了，他进来看一眼宝宝，便哈欠连天地回自己屋里睡觉了。

我需要的一应生活用品和饮食，宝生觉得家里有我婆婆在，她身为奶奶肯定会准备，缺什么少什么都不用他操心，所以原本这段时间应该是新手爸爸最忙的时候，他反倒过得比我怀孕时还轻松。

有天中午，纸尿裤用完了，我让宝生回家时买些回来，结果到了晚上还不见他人影；再打电话追问，宝生说已经把这事交代给了婆婆，自己去找朋友聚会了。我气得想摔电话，正赶上婆婆推门回来，还一脸不高兴的样子。

“你以后别让宝生去干这些婆婆妈妈的事情，有事跟我说，我伺候你还不够吗？还要一家子都伺候你？真不知道你怎么想的，叫自己男人去买这种丢人的东西，是嫌他每天不够累吗？”

我忍着怒气，跟婆婆说请她明天买些纸尿裤回来，孩子现在没的穿了，只能用褯子顶着。她嘴上答应着，等了三四天都没买回来。明明她每天跳广场舞的公园旁边就有超市，但还是回回嘱咐回回忘，最后还得靠我妈买来。

婆婆经常看到我妈送来的饭菜，我爸买来的生活用品，但还是时不时地挤对我几句：“你看你爸妈真是放心啊，也不说来看看你，真是嫁出去的姑娘泼出去的水。也是，人家都离婚有自己的家庭了，谁在乎你啊。”

每当这时候，我都会第一千遍跟自己说：“再忍忍吧，当初是自己非要跟陈宝生在一起的，等着新房子那边通风差不多了，赶紧离开才是正经事……”

我每天都绞尽脑汁地想，怎么让宝生支持我搬走。生孩子之前他还稍微敷衍几句，最近我再提起这事，他的口径已经变成了“真要搬走，我妈可就伤透心了。我是个孝顺的人，不忍心让我妈难受”。

我知道这些都是借口。把我和孩子托付给他认为放心的人，能让他毫无后顾之忧地过日子才是重点。他不是不了解我的处境，只是这处境还不足以让他放弃自己的舒适圈。我心里的失望逐渐累积，拧成了一个又一个疙瘩。

[12]

一晃，小朋友已经三个月大了。

关于起名字的事情，一家人各持己见。婆婆找人算来了一大堆名字，但在我看来，那些名字全都土得不得了。我查了半天，始终拿不定主意，名字要跟随小朋友一辈子，这么重大的事情实在不能敷衍。我跟姐姐认真讨论了很久，最后决定选用姐姐起的“陈妙语”。姐姐总说我爱问她意见又不听她的意见，这次我选了她取的名字，她特别开心。

随着妙语一天天长大，到了三个月的时候，已经可以抬头了，不再像刚出生时那么软软的，有了更多的动作和表情，宝生也逐渐感受到了当爸爸的乐趣，每天回来陪小朋友玩的时间多了起来。

有一天，公公在外面喝醉了回来，进门就晃悠悠地来逗妙语。宝生看见了，赶紧把孩子抱起来，对他说：“爸，大人身上本来细菌就多，你又喝了这么多酒，先换换衣服洗洗手。”

没想到公公借着酒劲儿突然发飙：“谁才是一家之主？这个家还轮不到你来给我立规矩！是不是你媳妇在背后调唆你，你才敢这么跟我说话？！”

听到这话宝生也有点生气：“你别在这儿撒酒疯了，赶紧出去吧。她们要睡觉了。”

“这是我的家，我想在哪儿就在哪儿！”公公大吼道。

这下宝生真恼了：“行啊，这是你家，那我们回我们的家，明天我们一家子就搬出去，再也不回来碍你的眼了。”

“你们有种现在就走。反了你了！”

“走就走！”宝生把妙语抱给我，转头就去房间收拾东西。

婆婆在屋里听了半天动静，见宝生收拾东西要走，从里屋冲出来破口大骂：“我就知道陶然没教过你什么好！你个不孝子，你们赶紧滚！我真是白养你了，白眼狼一个！”

宝生不理会母亲的嚎叫，拿了个大包装了几件衣服，拿了手机充电线就往外走。我第一次看他和父母闹得这么僵，想着本来就被误解没起好作用，现在跟他一走，更坐实了拐跑他们儿子的罪名，就劝他冷静一点：“都这么晚了，别吓着孩子，明天再说吧。”

宝生正在气头上，根本不管不顾：“那明天我再来接你，反正这个家我一秒也待不下去了。”他拎着大包出了门，当晚还真就住在了新家里。

第二天一早，公公酒醒了，完全忘了昨天发生了什么事，听婆婆描述了前晚的情况，先是跟我解释自己喝多了，搞不清楚状况，又数落婆婆：“真不知道一天天你脑子里想点什么，我喝醉了你也喝醉了吗？这种时候火上浇油干什么？！”

婆婆本来在丈夫面前就唯唯诺诺，咕咕哝哝没敢说什么，估计也在后悔自己的所作所为。她给宝生拨了个电话，没人接。见房间里的挂钟已经指向八点，就先起身去厨房做早饭。

饭做好之后，婆婆把我叫出来跟他们一起吃，难得见她给我做顿早饭，我心里知道是怎么回事。果然她边吃边试探："昨天你爸爸是因为喝了酒，不然也不会说那些话。要不你给宝生打个电话让他回来吧，老婆孩子扔在家里，他自己在那边待着算什么意思。"

我应道："好，我一会儿就跟他说。昨天晚上我就给他发信息了，让他待一天就回来。"

公公自觉脸上无光，也跟着说道："是啊，一家子在一起多好啊。热热闹闹的，也方便照顾你和孩子。"

这本该是一句让人感到温暖的话，但此时此刻出现在这样的场景里，让我觉得无比讽刺。

婆婆见丈夫帮腔，也赶紧顺着说："对啊，你说说这月子里，我跑前跑后，生怕你受了委屈。去跳舞的时候，熟人都说我累瘦了……"说到这，婆婆忽然话锋一转，"你看你，出了月子之后也没见瘦下来，老这么下去可不行。宝生这么年轻，这么精神，想倒贴他的人可多了去了。你们如果搬出去了，俩人天天在一起，时间长了他肯定会厌烦你。将来要是宝生跟你闹别扭，你一个人带着孩子，我们也不在你身边给你撑腰，你怎么办？"

我把手里的碗放在桌上，笑盈盈地看了婆婆一眼，说："要真是这样，您肯定能再给他找个更好的，说不定还能给您生个孙子呢。”

“你这说的什么话？”婆婆脸上讪讪的，“我可没这闲工夫，我这都是为了你俩，你好好琢磨琢磨吧。”

饭后，公公又给宝生打了两个电话，依然没人接。接下来的两三天里面，他们老两口挨个儿打电话，宝生要么不接，要么就是一句话堵住他们的嘴——“别打电话了，我不会回去了。”

我这才确定宝生真是下了决心，赶紧心花怒放地收拾起了行李，跟宝生约了一个家里没别人的时间，自己开车把东西来回拉了两三趟，终于算是从这里搬了出去。

搬家那天，天蓝得非常透亮，只有零星几片云彩。春天的风正从清凉变得温暖，恰如我的心情一样。我很久没有如此自由的感觉了，像是逃出了牢笼一般，神清气爽。

无论如何，这是结婚以来我完成的第一个挑战，或许在别人看来微不足道，但是对我自己来说，已经是很大的跨越了。

未来的路不知道还将面临怎样的困难，但至少我终于迈出了第一步。

2006

第二章　杀伐决断

2014

陶然，

这是我长这么大以来，第一个不在家过的春节。昨晚失眠，忽然就想起已经离开很多年的姥姥姥爷，爷爷奶奶。

姥姥最早离开，那时候我还在上初中，十一二岁吧，你更小，估计对她都没什么印象了。她有天忽然就晕倒了，送到医院昏迷了几天，医生说没得救了，送回家，走得很安详。

现在想起她，脑子里的画面是她不爱戴假牙，会让我帮忙把炸花生米嚼碎了给她吃。姥姥家门外过条街，是一个大水坑，我常跟表兄弟们一起，用罐头瓶子装上点馒头碎渣，蒙上一层细纱网，去捞小鱼小虾。

后来是奶奶，她是 1997 年的中秋节走的。你小时候有一段时间都是住在奶奶家，想必也记得很多与她有关的事吧。你知道，奶奶信佛，一辈子性格温和，是村里出了名的好人。可她最后得的病却很痛苦，脑干堵塞，慢慢丧失说话和走路的能力，后来即使坐着，身体也不能保持平衡。

奶奶卧病的那段时间，我常常去看她。记得有个下午，她在炕上坐着，我看她状态还可以，就去柜子上把录音机打开，放进我给她买的磁带，是她喜欢的《四郎探母》，陪她一起听。看她头发乱乱的，就拿起自己的发卡给她戴上，她脸上露出久违的轻松面容，让我想出去玩就去玩，不用陪着她。

奶奶一生都爱体面。刚生病的时候，还能勉强走路，医生嘱咐她要多锻炼，家人让她出去街上走走，她说，现在这样出去，走路都走不好，被人家看到了丢人，等彻底养好了，再出去吧。她就一直在自家院子里来来回回地走，一个来回之后，就在墙上划一道，做个记号……

姥爷经历了我的第一次高考失败，那是1999年。那之后再去姥爷家，他常会当着我的面跟妈妈说，咱们小姜没考好不怕，她比别人早上了三年学，就算再考三年才考上，也才跟他们一般大。可是姥爷没有等到我第二年考上大学。

他心衰哮喘了很多年，不能像普通人一样走动。有一回，妈妈坚持要给他买海绵垫子，说土炕太硬了，我才发现，他的两个脚踝外侧那块本应该凸出来的骨头，都已经凹陷进去了，是盘腿在炕上坐了太多年的结果。买了海绵垫子，他却总说不习惯用，直到他离开，那个垫子都没有打开过。

四位老人里面，爷爷的身体最好，八十多岁还可以骑着自行车到处走。他年轻的时候是私塾先生，一辈子穿的衣服都干干净净。我一直记得一个画面，是某个夏天的下午，我在叔叔家跟堂妹玩，那时候还没有你，玩着玩着往窗外一看，爷爷正举着两个冰棍儿，隔着玻璃朝我们笑。

那时候，咱们的堂姐已经长大了，她学习成绩特别好，毕业后工作也很好，会给爷爷寄钱来。我上高中的时候，周末去爷爷奶奶家，爷爷偶尔会在吃饭时说，要是我什么时候花上小姜的钱就好了，那时候，就有两个孙女给我零花钱了。

爷爷看到了我上大学，但没看到我考上北京的研究生……

他们那么爱我们，可我长大之后赚到的钱，却没有机会给他们花。每次想到这里，眼泪就会往下掉。

他们当中最早离开的，已是将近二十年前的事，最晚的也有十年了吧。我常常想念他们。好多小时候的记忆还是无比清晰。每次想到那些细节，那些无法弥补也不敢提起的遗憾，就只能安慰自己说，我们能做的，就是对爸妈、对家人好一点，再好一点。

记得爸妈刚离婚的时候，俩人都是单独生活。第一个春节，是最难过的一关。

那年决定带着你一起陪妈妈过大年三十，我是这么考虑的，首先，姐妹俩一定要在一起，不能一边一个，那样太惨；再者，虽然爸妈都是独自生活，但无论母亲表现得多么强悍，她总归是需要更多关爱的女性。

我永远记得那个萧瑟的春节。

妈妈把咱们原来住的房子卖掉，搬进了一个非常老旧的居民楼，买完房剩的钱不多，她需要给自己留些积蓄生活。尽管已经尽力布置，门口贴了春联，家里贴了“福”字，但还是遮不住墙角已经翘起的墙皮，木门下方因时间久远而出现的斑驳。一直不擅长做饭的妈妈，努力张罗了一桌还算丰盛的年夜饭，晚上咱们姐妹俩陪她一起看春晚，我尽量让自己不去盯着墙皮和门板看，但还是趁着去洗手间的时候，偷偷掉了几滴泪……

第二天，陪妈妈吃完中午的饺子，我带着你去了爸爸那边，陪着爸爸过了大年初一。我们三个人一起，在租来的没有暖气的房子里，生起了煤球炉子，晚上盖着巨厚的棉被睡觉，早上醒来，头上、脸上都是黑色的煤灰。

那之后，我慢慢建立起了一些规则：如果今年是陪妈妈过了年三十，那么明年的年三十就是在爸爸那边；假期天数如果是偶数，那就是爸爸家一半，妈妈家一半，如果是奇数，那就多陪妈妈一天；后来妈妈先结了婚，假期就多陪爸爸一些；爸爸结婚生子之后，时间再多向妈妈倾斜一些……

这些年里最难的，是每次离开一家去另一家的时候，告别之前，看着对方眼里的不舍，又要故意装作没事的样子……

第一个不在家度过的春节，这些往事在脑海里翻来覆去，也不知道能说给谁听，就写信给你了。

今年，就靠你带着妙语去看望爸、妈了哈。

祝我最爱的妹妹和外甥女春节快乐。健健康康。

姐 于伦敦

2014 年 1 月 30 日

姐，

可能是心意相通吧，收到你的这封信之前，我也正在回忆以前的春节。

小时候咱们都最盼着过年，人挤人地去街上买春联、窗花、花炮、灯笼。最重要的是买一身新衣服，等到初一走亲戚的时候才能穿。

那时候感觉家里人好多啊，一去爷爷奶奶家，大人小孩一大堆，挨个儿叫人，挨个儿收压岁钱，三块两块，五块十块。男孩们磕头拜年，女孩们叽叽喳喳，拿了压岁钱第一件事就是去小卖部，买玩具，买零食。

爷爷爱吃咱家门口一个小饭店的四喜丸子，咱们每次去都买一份带着。一进门就看见奶奶在捏饺子，饺子的味道我已经记不清了，只记得那时候的韭菜真辣，我最讨厌韭菜馅了。炒的菜里总是有很多花椒，每次我都像有强迫症一样，非得把花椒都拣干净才夹菜吃。我拣出一个放桌子上，奶奶就夹起来吃掉，我问为什么，奶奶说因为她爱吃花椒。所以我每次找到花椒，就夹到奶奶碗里。长大后我才明白，苦日子过来的奶奶，只是觉得扔掉可惜，并不是真的爱吃。

爷爷的牙掉了好多，所以他戴着假牙吃饭，可能是用时间久了不合适了，每次一嚼东西，嘴里都会咯噔咯噔地响。我觉得太神奇了，每次爷爷都吃饱了，还会让他再嚼一口给我听。

大年初二跟着妈妈回姥姥家，一进门，亲戚们都在院子里聊天，挨个儿拜年收压岁钱，屋里正在炖肉、炸丸子，用的是拉风箱的老式柴火灶。我也喜欢闹着玩，往里添一把柴。

开饭了，大人们咂着白酒，小孩只顾着抢鸡腿。姥爷最爱吃带骨头的鸡肉丸子，我吃着却只觉得硌牙。那时外面的桌子坐不开，里屋炕上也会摆个小桌子，舅舅家的男孩子们都坐外面，只有咱们姐俩和小姨家的孩子，可以坐在炕桌边。

我们俩在姥姥家从未感受到男女有别。妈妈从小就受宠，长大了又有出息，供了弟弟妹妹上学，照顾家里很多，姥姥姥爷爱屋及乌，对咱俩永远都是特别优待。

吃完饭，姥姥会领我去屋后面的小卖部，买一包两块钱的饼干，只给我自己吃。姥爷会从炕上小盒子里拿出提前给我留好的压岁钱。小盒子的旁边，放着他治疗哮喘的喷雾，呼吸费劲儿了，就会喷上一口。他心脏不好，除了上厕所，很少从炕上下来，所以在我的印象里，他一直都是笑呵呵地坐在那里。

后来他们相继去世了，回村里过年的次数也就少了。父母离婚之后，过年成了一道选择题，今年在爸爸家，明年就要在妈妈家，再也没有了以前的那种热闹。

现在我结婚了，有孩子了，再也收不到属于自己的压岁钱了，反而成了要给压岁钱的那个人。前几天妙语闹了一场感冒，宝生忙着年根去要账，我带着妙语往返医院，什么都没来得及准备，没买菜，没买水果和零食，连新衣服也没买，差一点连银行赠的春联都忘了贴。

大年三十晚上煮了速食面，哄着妙语早早睡下，宝生不爱看春晚，我独自在客厅里边看边刷着朋友圈里的热闹，突然有点心酸。

初一去婆婆家之后，我们一起去看了宝生的奶奶；初二回娘家之后，又去看了他的姥爷。咱们的四位老人都早早离开了，就像你说的，他们的容貌我都已经有点模糊。只记得姥姥比较矮，总是拄着一根拐杖；姥爷胖胖的，眉毛很浓，尾端向上方乍开；奶奶个子很高，每次帮我穿袜子的时候，粗糙的手会把袜子蹭得哗啦哗啦响；爷爷下嘴唇很厚，好像总是故意嘟着嘴……

回忆里的画面历历在目，曾经那么疼我的人，和曾经那么欢乐的时光，都一去不复返了。

我也想和宝生一样，过年还可以去看看他们，让他们看看我长大的样子，看看我的孩子，也希望可以琢磨着买一些他们爱吃的东西带去。

第一个你没在家的春节，就这么过去了，我们又都长了一岁。对于长大，我觉得自己一直都没做好准备。越是长大，越想念从前，想回到过去。一推门大家都还在那个熟悉的院子，我肯定不会不愿意叫人了，也不会嫌大人们的客套烦人了，收到的压岁钱都交给妈妈，韭菜不嫌辣，花椒自己吃，骨渣丸子也不嫌硌牙。

我一定好好记住这些味道，然后给爷爷、奶

奶、姥姥、姥爷好好拜个年。

陶然

2014年2月1日

[1]

一个多月以前，趁学校的圣诞假期回家探亲，我终于见到了心心念念的妙语小同学。把软软的她抱在怀里的时候，二十多年的岁月在刹那间消失，我又重回那个坐在奶奶家的土炕边，瞪大双眼第一次抱起妹妹陶然的八岁女孩。

不同的是，小时候的我，经常看妹妹不顺眼，但现在的我，对外甥女却是怎么看怎么喜欢。回国的大行李箱中，全都是给她带的礼物。只可惜假期的长度有限，元旦过后，有学期论文在身的我，又回到了伦敦。

关于出国留学，我没跟别人说过事件的全貌。对此，公司内外流传着几个不同的版本。有的说我是在内部斗争中败下阵来，被迫离职，出国是为了保住面子；有的说我是跟老板谈升职谈崩了，负气出走；还有更离谱的，说我其实是怀了某个大人物的孩子，出国只是幌子，躲起来生孩子才是真的。

无论何时，群众的想象力永远那么丰富。

让我决定出国读书的真正动因，要从去年的戛纳电影节说起。

那是我第一次去戛纳。作为东时西时广告公司的市场总监，同时也是知名电影公司深蓝天空的主要服务商，我的工作任务是完成三场电影世界首映中的商务衔接，加上一场公司的媒体招待晚宴。三部作品中，一部由国际巨星廖野自导自演，一部是著名商业片导演孙骁的新作，还有一部是当红明星转做导演之后的处女作。

抵达的时间已是傍晚，提前到的国际部同事带着我，绕着曲曲折折的楼梯，走到一间位于顶楼的小公寓，卧室的屋顶有个小天窗，夜里可以看到星星。

第二天起床后，同事带我去吃早餐。清凉的海风，灼热的艳阳，路旁的欧式建筑，街边随处可见有露天餐位的餐厅，全都是没有见过的异国风情。待终于踏进漂亮的咖啡小店，看到橱窗里满目琳琅的甜点，我顿时欣喜到不能自制。

喝着咖啡，看脚边的鸽子来回觅食，吃我们洒落的面包屑，悠然自得。

公司的办公室在一个酒店的小套房里，阳台外有完美的海景，不时有海鸥飞过。

晚上老板邓克请大家吃饭，在一家有百年历史的餐厅，以出众的意大利面闻名。等餐等了很久，但是物有所值。红酒味道浓郁，屋顶巨大吊灯垂下的灯光，照耀着每一张意气飞扬的脸。

电影宫悬挂着巨幅的主题海报，是玛丽莲·梦露在风中扬起裙摆，让人浮想联翩。一路的店铺都把那款海报放在橱窗，让人感觉到浓浓的电影节气息。

第二天就是工作日了。焦虑在所难免，好在已经非常熟悉这种感觉，懂得如何控制。一整天穿着高跟鞋，路比想象中难走，但是活动却比想象中顺利。

孙骁导演有几个专访排在下午，公关公司帮忙找了一个漂亮的沙龙做访问，沙龙的老板一直过来殷勤招待，还介绍了兰博基尼的漂亮女公关给我认识，希望能邀请这位商业片大导演试乘新车并拍照。

访问结束之后，跟孙导沟通了这个需求，他不负盛情，坐上漂亮的跑车绝尘而去，酒店门口是已经聚集了很久、等待随时能看到各路巨星的外国影迷们。

接着，我去旁听廖野的访问，这次的戛纳之行，国内一个化妆品品牌花了大价钱赞助，我需要确保该品牌在活动中的露出。

访问现场，我站在角落看着，不愧是闯荡国际多年的大明星，廖野举手投足间全都透露着在这个行业浸染多年的智慧。他眼观六路耳听八方，记者拿着录音笔坐定，桌子比较矮，不方便打字，廖野转身进屋搬个凳子过来，放在她的座位前面，让她放笔记本；海风吹过来，有点凉，廖野随手抓了几个靠枕过来，给一同接受访问的女演员盖腿，保暖的同时还能防止走光。他的这些动作浑然天成，毫不做作，我默默感到敬佩。

访问间隙，我去了趟洗手间，打开门的时候，看到廖野在洗手台那边的背影，正蹲在地上捡着什么东西，仔细看，是别人不经意间掉在地上的擦手纸。廖野捡起来，扔到垃圾桶，又转身洗了手，这才出门。

这个细节很打动人。这个行业里很多人，都擅长在镜头前表演，或演纯情，或演有爱，或演宽厚，但在无人注意的真实空间里，我见过太多原形毕露。在人前穿得干净漂亮的明星，一上车就穿着鞋把脚搭在司机座椅的靠背上，烟头和零食碎屑掉得满车都是；对外宣称苦出身，从来都不浪费东西的艺人，在酒店一顿午餐的客房服务就点八千多块……

像廖野这样在无人关注的空间里，捡起别人用过的纸，保持公共环境卫生的人，是非常稀有的。

下午的工作一小时后才开始，我和工作人员都暂时离开酒店，找地方吃东西。在一家咖啡厅坐定之后，我一直在回想刚才的小细节，想着想着，外面忽然下起大雨，我被困在店中无法出门。既然如此，干脆拨通了深蓝天空宣传总监的电话，她公司是廖野这部电影的出品方："亲爱的，现在不忙吧？嗯，我想跟你说个事儿……

"这个小细节，按说是不容易放进你们的新闻稿里的，不好写，但是我又觉得不应该浪费。我注意到，廖野喜欢自己收拾东西，清理垃圾，比如刚才采访的时候，他一边回答问题，一边就在擦桌子上的水渍……他日常生活里很普通人的一面，如果能找出来，可以剪成一段视频。这不是常规意义上的电影宣传视频，但它可以让大家看到廖野的另一面，跟他的银幕形象完全不一样的一面。

"对，他的知名度已经在那里了，但也因为这样，他在观众心目中的形象很固定，如果你们能展示出他不为人知的样子，尤其是偏生活化甚至是娱乐性的，可能传播度会更高。毕竟这部电影宣传的核心就是他这个人，对吧？

“跟你我就不客气了，知道你不会嫌我多管闲事……没错，我也觉得现在这部电影的整体策略还是偏常规。如果有空间做点更轻松的内容，说不定对电影宣传有更好的效果……好，随时联系！”

晚上是工作的最后一站，东时西时的媒体晚宴。现场人声鼎沸，我的工作还是老样子，先把电影主创、主演、品牌方老板们的坐签安排好，再开始张罗媒体接待的事情。

几个剧组的导演和主演陆续到达，女孩们身着华服婀娜多姿，男士们西装笔挺皮鞋锃亮，每个人的妆容都一丝不苟，大家在阳台上拍照拍得不亦乐乎。当晚最大咖廖野压轴出现，晚宴正式开始。

老板邓克和两位品牌方高管的欢迎词开场后，几部电影的预告片陆续播放，所有电影主创依序上台跟大家介绍作品，之后我带着老板和主创挨桌跟记者们碰杯表达感谢，此后就是自由活动时间。现场恰到好处地对几个大的赞助商的信息做了展示。

忙得告一段落，我一个人在露台上喝香槟，廖野忽然出现在身后：“陶姜。”

我完全没想到他能叫出我的名字，更没想到他会主动过来打招呼。

“您好。”我有点紧张。

“你提的建议我听说了，我觉得很不错啊。”

正琢磨这句话的意思，他旁边的女士伸出手：“你好陶姜，我是 Alice，很高兴认识你。今天中午在咖啡厅，我就坐在你旁边，不小心听到了你在电话里讲的话……”

Alice 是跟随廖野工作多年的助理。这也太巧了。

廖野问：“电影你看了吗？觉得怎么样？”

“看了，好看。”

“就这么简单吗，不多说几句？”

“嗯，多说的话，我怕会说太多。您想听工作人员角度的，还是观众角度的。”

“什么角度都可以，你放心说。”

“后半段，说教的意味有点明显了，有些对白背后隐含的意思，不用说出来，看的人也能懂。这可能是您一直以来的风格，但我从观众角度，更想自己去领会它的意思，而不是被告知。”

廖野未置可否：“陶姜你肯定是读过大学，或者有更高的学历吧。”

没等我回答，他接着说：“我没读过大学，连中学都没上过，我的所有东西，都是在片场学来的。你要知道，我们的观众里面，有一部分，是像你一样受过很好教育的人，但也有一部分，就像以前的我一样，是没上过学、没读过书的，我的这些直白的台词，他们可能会喜欢，因为我自己也喜欢。”

我没从这个角度考虑过。廖野的说法是有说服力的。

“不过，你是这部戏的工作过程里第一个跟我直接说缺点的人。”廖野朝我笑笑，举杯碰了一下。

我心想，刚才说得已经很委婉了，要真让我说电影的其他问题，我还能说出很多……

想到这，我忍不住偷偷笑了一下，看他貌似没有其他话题，我仰头喝掉杯中的香槟，示意先走。

“你要不要来我这里上班？”

这么直白的邀约，让我惊了一秒，看他的样子不像开玩笑，旁边的 Alice 也微笑地看着我。这么认真的问题，我得认真回答才行：

“我在现在的公司很好，跟老板和同事们也很有感情。谢谢您，我暂时还不打算换工作。”

“给你年薪一百万。你会考虑吗？”

这个数字超出我当时的薪资很多，但这一幕实在太不真实，我搞不清楚他葫芦里卖的什么药，只能继续礼貌婉拒：“抱歉，我暂时不考虑。无论如何谢谢您。”

[2]

戛纳的这个小插曲，我没跟别人提起，不想让这件事变成炫耀，也不想它给我带来其他麻烦。回国之后，原想不动声色地开启后面的工作，却没想到一场蓄谋已久的职场斗争正等着我。

第一个信号是这样释放出来的：上班日第一天，收到杨健的短信，通知我下午带部门全体成员开会。

杨健是东时西时集团的公关负责人，分管市场营销，说是分管，基本上就是个负责签字走过场的人。市场部的业务我早已驾轻就熟，与老板邓克之间的默契也足够，很多事情邓克都会找我直接沟通，杨健对此表现得也颇为豁达，经常夸我是个“贴心小棉袄”，给她省掉了很多工作上的麻烦。

这个会议的通知发得蹊跷，我没来得及多想，就已经到了会议时间。

与会人员中，有我部门的前同事施唐，她在半年前就调到了杨健直接管理的集团公关部，今天坐在会议室，不知是何原因。我热情地跟她打了招呼。

在做同事之前，施唐是我的闺密，经常跟我说想来东时西时，后来借着部门招新的机会，我就把她招进了公司。

上班大概半年后，一次杂志拍摄工作，施唐为了省钱，也为了偷懒，把与某明星一起合照的联名玩偶，买成了仿制品。拍摄的时候，明星团队和摄影师团队，都以为玩偶是对方准备的，不会出问题，但是片子出来之后，没来拍摄现场的经纪人在照片中发现了破绽，他直接打给我，问为什么玩偶没有用正品。

我被问得一头雾水，搞清楚状况之后，忍不住责备了施唐几句。施唐面子上挂不住，当众摔了办公室的门跑了出去。

这个阶段，我已经把市场部的媒体名单完全交给施唐负责，这是最快熟悉公司核心业务的机会，我自己原来就是从这项工作入手，才逐渐往上走的。没想到刚接手不到两周，施唐就来跟我谈，说不想再做媒体联络了。

“那些记者一个个的都太多事了，我都跟他们说过的情况，他们不信，还非要来直接问你。既然都要直接找你，那还要我干什么？”她一脸不悦。

“唐唐，这是一个必经的过程。当年我刚从徐晓那接过名单的时候，大家也都不把我当回事，有事还是习惯性地去问徐晓，后来徐晓都离职了还有人继续找她呢。咱们得靠自己慢慢跟他们建立信任。这个虽然急不得，但不代表没有技巧。”

我继续分享：“比如《京报》的刘小思，她是个彻头彻尾的文艺女青年，平时就喜欢看看话剧什么的，最近《恋爱的犀牛》好像又要上演了，换了一波新演员，我本来想要约她去看，你可以约她呀，话剧票钱我给你报销。还有《快报》的尚雯雯，是个爱吃的姑娘，尤其爱喝奶茶，你哪天路过她办公室，给她带一杯芋泥奶茶上去，顺便聊聊天，就能马上拉近距离……”

施唐瞪大眼睛听着。

“刚才那都是日常生活层面，专业层面也很重要。比如最近我们要跟电影公司一起发布新片主演阵容的稿子了，你可以提前选几个重点记者出来，跟他们各自透一点风声出去，他们自然就会去找一些人求证，这样你既没有透底，他们也有可能提前作出一篇预告稿。这对我们来说是一举两得，帮作品和品牌提前增加讨论度和曝光量。”

施唐若有所思地点点头，之后没再跟我抱怨记者们难搞。

仿制玩偶事件之后，我俩连续几天都别别扭扭的，彼此不太说话。她偶尔会迟到，还总是往杨健的办公室跑。

没多久，杨健来跟我谈，说希望把施唐调到集团公关部，负责那边的媒体联络工作。

我当然错愕，进公司之前，不是说好了要与我长期并肩作战吗？这才半年就要走？但我没把情绪表露在杨健面前，毕竟这是闺密之间的事，不应该让外人看出嫌隙，我只是平静地说：“如果杨总觉得她合适，那我为她开心。毕竟这也是一种内部的升职嘛。”

原本以为施唐会就这次调职跟我解释点什么，但我并没有等到任何短信和见面邀约。转部门之后，她换了上班地点，我们碰面的机会变得越来越少。私底下跟我和徐晓的姐妹聚会，她也都以忙为理由没参加。

没想到再见面，是在今天的会议室里。

杨健直接开场："各位好，先跟陶姜团队说声辛苦了。戛纳这次的活动做得很成功。老板跟客户都很满意，听说廖野还专门跟电影公司那边表扬了你。"她笑着看看我，又看看施唐。

"接下来，我们需要迅速投入后面的工作了。深蓝天空接下来有好几部电影的计划，其中有一部是跨国大制作，在商务层面咱们需要提前准备起来。这也是我召开这次会议的原因。"

我不动声色地听着，在本子上画着小圆圈。

"因为这个项目的重要性，我建议这次采取跟以前不一样的工作模式。陶姜团队刚忙完前面三部片子的工作，现在比较疲惫，所以我已经请施唐提前展开了一个月的工作。今天就是跟大家分享一下施唐的方案。"

杨健话音未落，部门的同事们不约而同地看向我，眼睛里都是疑惑。

我没有抬头，继续在笔记本上画圈。

"来，施唐，你开始吧。"

随着投影屏上 PPT 的翻页，我脑子里也翻出了很多以往忽略了的画面：施唐频繁地出入杨健的办公室；杨健跟邓克在会议室里聊天，眼睛时不时地望向我；施唐跟公司的财务一起核对某个表格，还问我要一些以往活动的数据……

我已经明白发生了什么。

施唐的 PPT 做得非常丰富、美观，但是凭借多年来的实战经验，我能看出那是个花架子。里面一些看起来很有创意的想法，是不具备执行性的。

最后一页讲完，我微笑着带头鼓掌，团队成员会意，也跟着一起鼓起掌来。施唐瞬间有点羞赧，她没想到我在这场“鸿门宴”上还能保持平和姿态。

“这个方案真的非常棒。”我说。

杨健脸上满是得意的表情：“既然这样，那就最好了。这几天，陶姜你跟团队先好好休息，不着急出你们的方案。咱们等过阵子再一起开会，确认最终定案。好了，如果没有其他问题的话，就可以散会了。”

回到自己的办公区，团队成员发出此起彼伏的骂声：“太不要脸了，跟我们来这出？！”

我暗示大家压低音量，轻声说：“走，出门开会。”

大家心领神会，马上收拾东西，跟我一起出门。

车子开往我家的路上，大家开始拼凑彼此了解的信息。很明显，趁着前段时间我们部门忙活戛纳的几个大活动，杨健和施唐在背后已经悄悄联盟了。目标再清楚不过，在我旁边再立一个由施唐负责的市场部，最终目的一定是取代我，改变杨健在市场营销这个领域没有实权的现状。

手机屏亮了起来，趁着路口的红灯，打开看，是施唐发来的：“陶儿，今天杨总已经把我的方案交给邓总了，本来以为你们可以先不着急交方案的，但没想到邓总希望你们能尽快出方案，这样大家可以早点按照最终定的方案去执行。你看你们下周一能交出来吗？”

“今天星期几？”我问大家。

“星期四。”

我把手机递给副驾驶的吴优：“给她回两个字，好的。”

“这人太贱了。不到三天时间，怎么可能做完一部电影的商务全案？陶姐，你快给邓总发短信说一声咱们来不及。”

“不行，不能说，也不能问。这件事，我还不确定邓总是否清楚，是否参与了，如果参与了，那参与到什么程度……在不清楚他内心真实想法之前，不能贸然去问。怎么？很久没打冲锋了，敢不敢再挑战一次？”我使出激将法。

“这有啥。咱们团队又不是没赶过方案。”大家接招。

“得，今天就在我家吃外卖了。”

刚把车停在地库，新短信又来了。“陶儿，邓总说他下周一有安排了，说跟咱们约在周日下午他家附近的咖啡厅。你们时间OK吗？”

我又回了两个字：“好的。”

打开门进屋，在手机上点好外卖。大家各自把电脑拿出来，在我家客厅的长桌上摆开阵势，手机又亮了。

看了一眼，我笑出了声，把屏幕朝向大家，只见上面写着：“陶儿，周日开会的地方没有投影仪，为了提前让邓总看到方案，周日的时候能直接讨论，你们方便周六把方案提前发到大家的邮箱吗？”

“这人简直烂透了！”

“赤裸裸的挑衅啊。”

我在屏幕上打下“好的”二字，点击发送。

接下来，我用一分钟的时间，回想了一下与施唐的相识、相处、共事，自认没什么对不住她的地方。至于这个人为什么会做到这个程度，我没有兴趣去追究。刚入职那阵子，施唐半开玩笑地跟我说过的一句话，此刻倒是自动浮现出来——杨总跟我说，你的履历和能力也不比陶姜差呀，在公司肯定也能发展得挺好……

午夜十二点，我还在跟三个伙伴热烈讨论，唇枪舌剑。两个男生向东、雷雷喝着红牛，我和吴优脸上各贴着一张面膜。

凌晨三点，初步方向确定，大家先睡觉。

第二天起床，吴优在一个房间里做 PPT，我和向东、雷雷继续就方案细节进行讨论。三个人时不时会打电话给各方确认一些事。这天我们四个人直接熬了个通宵。

第三天就是周六了，我把方案如期发到了相关人士的邮箱。

如果在职场浸淫七年，遇到这种事情的时候还大惊小怪，那我就不是陶姜了。

[3]

周日的会议，我们部门的方案获得全面胜利。

邓克走进咖啡厅的时候，眼睛还不时看一眼手中横屏的手机，我注意到了这个细节，知道老板在看方案。坐定之后，我扫了一眼他手机上 PPT 的配色，是我们交的那一版。

“辛苦大家周末出来一趟。我们就直接讨论陶姜部门的这份方案吧。”

施唐听到这句话的瞬间，整个人就萎靡了下去，会议全程都不在状态。

这次之后，对于外界的风吹草动，我的部门都提着十分警惕。没过多久，听说杨健找了一个外聘的设计团队，是从 4A 广告公司出来的，设计水平很高，作品深得邓总欢心。看来是方案上的实力拼不过，想“曲线救国”。我面上不动声色，照样跟同事们谈笑风生，心里想，倒要看看你们这些人要搞什么花样。

这天，我的邮箱收到一封邮件，通知今后公司高层会议名单将进行调整——我的名字被删掉了。邮件中给的理由是，要精简与会者数量，提高会议效率。

看着邮件上的文字，我第一次感觉到，事情正朝着不可预期的方向发展。很显然，杨、施二人从未停下脚步。这段时间里，除了找外聘设计团队，一定还在发生着其他什么。

傍晚，我跟徐晓约了见面。

“陶姜，我要移民去加拿大了。”一见面，徐晓就说了最重要的事。

听徐晓这么说，我的眼泪忽然夺眶而出，把她吓了一跳：“怎么了宝贝儿？谁欺负你了？”

我把这段时间的经历跟她描述了一遍：“……现在忽然听说你要走，我以后在北京又少了一个真朋友。”

徐晓没有针对事情本身发表任何评论，她甚至没有指责施唐对朋友的背叛。她只是看着我的眼睛说：“小陶子，我觉得你现在不快乐。”

“拜托，遇到职场斗争谁还能快乐？我以前这样的时候也是很难过的啊。”

“这次不一样。以前你跟我讲类似的事情，都是充满斗志的。眼睛里的火，好像恨不得马上就要把对手烧毁一样，但今天我只觉得你很难过，很悲伤，没觉得你想赢掉那些在背后搞事情的人。你有没有想过这是为什么？”

徐晓的话在我心里戳了一下。回家的路上，我一直在反复回想这句话。

过去几年在职场浮沉的经历，就像幻灯片一样在我眼前闪过。

[4]

七年前，在北师大电影系读研究生三年级的时候，我二十三岁。

经老师介绍，进入了这家民营广告公司东时西时上班，任市场经理，月薪四千。

刚上班，我的工作很简单，就是负责撰写新闻稿，提供一些简单的文案。在举行重大发布会的时候，配合专门负责媒体的同事徐晓，进行接待工作。

至今记得自己第一次随团队出差的情形，那也是我人生中第一次坐飞机，目的地广州。

上飞机之前，我反复在网上查询“第一次坐飞机应该注意什么”，记下了一些要点，例如千万不要忘带身份证，贴身带的包里不能放打火机和液体，在觉得耳压过大时吞咽口水、咀嚼口香糖可以缓解，等等。

在飞机上特地选了靠窗的位置，起飞后，等广播通知可以打开电子产品使用时，我从包里掏出新买的数码相机，对着窗外大片大片的云彩拍个不停。那是我第一次见到这样的风景。

抵达酒店，在前台办好入住，我紧紧握着房卡，找到了自己的房间号。四下寻找可以插卡的卡槽，没找到，刚好走廊有个服务生路过，过来帮忙开了门。原来卡片是感应式的。

推开门进了房间，我又一次惊叹起来。

我的老板邓克，是很早的一批海归。他的行事做派总有些西式味道，公司文化相较于其他的同类公司，也显得更洋派。

拿出差来说，别的公司总是会把贵宾们安排在五星级酒店，工作人员则是住在附近的快捷酒店，目的很简单，省钱。

东时西时并不如此。公司会让工作人员跟贵宾们一起住在五星级酒店。因为有长期合作的关系，这些酒店房间的价格并不会贵得离谱，这样一来，尽管预算确实会增加，但给工作人员们带来的却是非常熨帖的感受。在这样一个浮华的行业里，员工觉得有面子，干起活来会更加卖力尽心。

这一次的广州之行，是我第一次见到五星级酒店的模样。

刚巧同行的徐晓在广州有朋友，这间标间就成了我的单间。

进门之后，忍不住拿着相机一拍再拍。明亮的洗手间，光洁的大理石台面，厚实的浴巾和浴袍，桌上还带着水珠的花朵，对我来说都是新鲜的。走到大大的落地窗前往下看，是湛蓝的露天游泳池，泳池边的躺椅上，有漂亮的阳伞。我已经可以想象自己坐在那个躺椅上，点一杯饮料靠着喝的惬意景象。

次日下午的发布会，大家忙得热火朝天。宴会厅内外挤满了人。

客户的一款新型手机发布，请来了当红明星做代言人。这位男星的人气很高，来参加活动的媒体记者数量超出了以往规模，还有很多粉丝挤在宴会厅的外面，期待一睹偶像真颜。

我的工作是配合徐晓一起接待媒体，让记者们在表格上签到，发放车马费和新闻稿，当天的新闻稿是我先写完初稿，由领导稍做润色后打印出来的。看着这些稿件被分发到大家手中，我心里很有成就感。

发布会和随后的媒体访问结束后，我回到酒店房间，在原本的稿件基础上，加了当天发布会现场的亮点，再配合活动的图片，一起发给了领导审阅。五分钟后，领导回复 OK。我把资料包发给徐晓，她再发到媒体群的邮箱和公共邮箱，这趟出差的主要工作就完成了。

我合上电脑，看看窗外，已是傍晚时分。

昨天抵达酒店之后，我就在反复改稿子和确认媒体出席名单，还没好好在这周围逛一逛。此刻正是出去溜达一下的好时机，早就听说广州的点心很好吃，馋虫已经蠢蠢欲动。跟同事们一起吃工作餐当然好，但我更希望抓住这点时间独处一阵。

离开家乡六年了，这是我第一次来到那么远的地方，在街头漫步，仔细打量这座南方城市，感受它与北京的不同。

南边的风吹在脸上，留下初秋的味道，像是被一双轻柔的手抚摸。

[5]

第一次出差结束回到北京，听说公司又接了一个大项目。

甲方是著名的电影公司深蓝天空，针对他们即将开拍的新片展开全方位的商务合作。这个单子如果从头到尾顺利执行完毕，能给公司带来上千万的利润，对于业务的拓展意义更是重大。电影由国内最卖座的商业片导演孙骁执导，尽管演员阵容还未宣布，但根据可靠的内部消息，应该是由当下最红的几个明星组成。

我所在的市场部瞬间忙碌起来。不仅总监林湘要带领全部门一起加班，老板邓克也常常加入，各项会议一开就是两三个小时。这些会议里面，有些我可以参与，有些还不能。我经常在会议室外面看着里面各部门的高层，默默地想，我什么时候也能加入进去呢？

与电影公司合作的项目，决定了公司这一年的收益，各部门都争着抢着在老板面前表现。越是这样的时候，越容易出现内讧。东时西时内部斗得最厉害的两个部门，就是市场部和客户部。两个部门站在天平的两端，都认为自己更重要。客户部需要随时跟品牌方保持良好关系，将他们提出来的要求一一执行到位。市场部则需要把品牌方的所有需求，转换为电影方更能接受的方式。

以这次的项目来讲，东时西时的两大客户——某手机品牌拿出了三千万，某银行拿出了两千万，要与电影项目深度合作，其中最重要的合作事项就是拍摄中的植入。对于客户来说，他们当然希望自己的产品尽量多地出现在电影画面里，镜头越近越好，logo（标志）越清楚越好，演员要是能把品牌名称挂在嘴边就更好了。这些要求对于一个知名导演来说，不可能一上来就照单全收，此时市场部作为沟通的桥梁就显得非常重要。

只是在客户部的同事看来，不管市场部的工作做得如何细致到位，终究还是把客户的需求打了折扣，他们要去跟客户反复沟通甚至赔礼道歉；再加上客户部认为自己是赚钱的一方，而市场部是花钱的一方，就总觉得自己更硬气。这种天然的矛盾是无法调和的。

这天，现场在拍摄男女主角在酒吧喝酒的一场戏。按照剧情，两人的对话结束之后，男主角要招呼服务生过来买单。

拍到这的时候，孙骁导演在监视器里发现，在拍完男主角喊买单的对白后，自己喊了“咔”，摄影师本应该停机，但他没有停，反而让镜头顺着男主从口袋里掏出的银行卡，推上去给了卡片一个特写。导演有点困惑，但不好当下发作，就以男演员的衬衫褶皱过多为理由，让服装师上去整理一番，重新拍了一遍这个镜头。没想到这一次，摄影师再度给银行卡推了一个特写。

孙骁这下忍不住了。他跟旁边的助手说：“那个广告公司的工作人员在现场吗？把他给我叫来。让现场先停下来，休息一会儿。”

平时东时西时会留客户部的工作人员在现场，负责盯住品牌需要的展示是否做到位，当时这个人去上洗手间了，一时找不到人；导演又在非常不爽的情绪边缘。导演助理只好放大声音：“现场有东时西时的人在吗？”

偏巧，当时市场部总监林湘正好在现场，他是来找剧组的道具部门确认道具的，听到导演助理这么问，只好走了过来。

孙骁让人把刚才的片段在监视器上重放了一遍，到了卡片特写处暂停，指着屏幕说：“这个镜头从来没人跟我沟通过，你们觉得这样做合适吗？”

林湘有点蒙。他对这个镜头的需求也没有印象，但毕竟是自己公司的事，只能硬着头皮回答：“我马上请同事确认一下。您稍等。”

“我不用等。你告诉他们，如果要在我的剧组搞这种猫腻，那就趁早不要合作。你们的钱我也不要了。”孙骁手里攥着对讲机，感觉随时都可能把它砸在地上。现场气氛紧张。

林湘被噎得哑口无言，周围全都是人，他觉得面子挂不住，只好默默地离开了现场。回到公司，他冲进客户部总监王皓的办公室，大发雷霆。

后来事情调查清楚了，是王皓以常用的手段，给摄影师塞了厚厚的红包，请他趁导演不注意的时候，帮忙在镜头上稍微做点文章。这些素材一旦拍到了，到了后期阶段，就有很大的使用空间，在拍摄过程中没有通过的镜头，到了剪辑阶段也许有机会塞进去。那天拍摄餐厅的戏份时，摄影师以为导演不会注意到这个小细节，没想到却被逮个正着。

这件事的败露，给孙骁导演留下很差的印象，他觉得如果连自己最依赖的摄影师都能被“贿赂”，那创作的过程中还有什么可以相信？偏偏那位摄影师并非初出茅庐，而是业内前辈，这就很难办了，不能开除，甚至不能把这件事说破，否则大家脸上都不好看。因此，他只能吃个哑巴亏，继续工作。

虽说剧组那边算是有惊无险，但这件事在东时西时内部还是掀起了波澜。林湘早就对王皓的诸多做法颇有不满，这次因为王皓的错误让他在现场丢了那么大的人，他主张公司严惩这种以不正当手段做事的人。没想到，老板邓克未置可否。

俗话说，兵不厌诈。王皓的做法在公司很多人看来，是情有可原的，甚至有人认为他很聪明，很有手段。他还是在带领团队正常进行工作。这下换成林湘尴尬了。他一时气不过，加上本来外面就有很多公司一直在挖他，项目进行到中间的时候，他跟公司提出了辞职。

林湘辞职之后，他在市场部的两个心腹，也跟着离开了公司。不到两星期时间，部门内只剩下两个人，一个是已经在公司待了五年的媒介经理徐晓，另一个就是刚来没多久的我。徐晓不争，在公司里不站队，所以林湘辞职对她没什么影响，她还是照常上下班，把分内的工作完成，就忙着看韩剧、护肤、做指甲去了。而我这个新丁，还没来得及站队，就成了没人管的孩子。

[6]

这天，我跟徐晓一起出门，去参加客户召集的宣传品设计提报会。

召开会议的地方在一栋写字楼，我俩特意早到了一小时，约在楼下喝咖啡。这是我第一次进星巴克，感觉一切都很新鲜，里面大多数人穿着商务套装侃侃而谈，不时能听到几个发音洋气的英文单词，也有穿着轻松但时髦的女生，在对着电脑打字，旁边摆着一杯咖啡，就像《欲望都市》里的 Carrie 一样。

对于职场生活，以前都是在电视剧里看到，今天自己也成了其中的一员。队伍排到我俩，只见徐晓熟练地点单："一杯可可碎片，双份奶油，少冰。"声音干脆利落。

轮到我点单，盯着已经反复研究好几遍的水单，生涩地念出："焦糖玛奇朵。要热的。"

找了一个靠窗的座位坐定，徐晓见我有点拘谨，赶紧开启话题。

"哎，陶姜，现在咱们部门的情况真是不乐观。我听说老板在紧急招聘市场总监，但这个位置太重要了，没那么容易找到合适的。”

“是吗？我也不懂这些。就是没想到刚来公司这么短时间，就没有领导了。”

“对啊，你肯定是不适应。所以啊……”徐晓顿了一下，忽然凑近我，盯着我的眼睛说，“所以你要把握住机会。”

“啊？”

“其实这段时间，我一直在观察你的工作，发现你有一个本事，就是韧性很强。你知道这在我们行业有多重要吗？林湘为什么辞职，看起来是因为老板没有处置王皓，但实际上，压垮他的那根稻草，是在剧组的时候当众丢人了，这个面子没能捡回来。我听说当时刚好有其他同事在现场，那人是个大嘴巴，回来之后把林湘被骂的场面跟大家说了个遍。林湘好歹也是公司骨干，国外名牌大学毕业，人又体面，哪受得了这种委屈……”

我入神地听着。

“每个人都是要面子的，只是程度不同。林湘这种人，一直以来都太优秀，所以遇到小挫折的时候，反而容易冲动行事。就是因为这个，我才说，你的韧性是个宝。你还记得咱们一起出差去广州吗？”

“当然记得啊，那是我第一次出差，也是我第一次坐飞机呢。”

徐晓听了一笑：“那次咱们市场部就在跟客户部杠着呢。我不知道你有没有感觉到，那几天，王皓部门的人经常有意无意地给咱们使绊子。比如那天我们被叫去他们组开会，咱俩进房间的时候，客户部的人都有座位，就是没地方给咱俩坐。王皓指着墙边堆着的两大摞宣传册，让我们坐那儿。我还没说什么，你就一屁股坐下了。”

我想了想，好像是有这么回事儿。

“咱们回程的时候，他们把两大箱客户赠品交给咱俩，让托运回北京，他们自己留在广州继续玩。我当时就很不高兴，结果你啥感觉没有，一口就答应了下来，后来办托运的时候，你还抢着拎东西……”

从这两件事里，我没觉得哪里体现了“韧性”二字。

徐晓还在继续说着：“再就是前几天的时尚杂志晚宴，咱俩陪着邓总去参加，中间他让你帮忙递份资料过去，我远远看着你拿过去之后，他跟你交代了几件事，然后你就在他旁边站了好半天。他坐的是主桌，周围全是各种所谓商务人士，大家都在那煞有介事地聊天，我看你一个人站那，忽然就觉得挺心疼的……”

“我当时是怕老板临时又有什么吩咐，就干脆站在那没走。其实我脑子里也闪过这个念头，站在这里合适吗？现在能走吗？后来想，算了，先站着吧。反正老板也没让我走。”

“这就是你可爱的地方。刚才我啰唆了这么一堆，你知道这些小事说明了什么吗？”

“说明了我有韧……性？”我瞪大眼睛。

“不是，说明你神经太大条了。哈哈哈哈……别人在乎的事情，你好像都不太在乎；有些明明该有情绪的地方，你也没有。”

“徐晓同学，你说我神经大条算是一种夸奖吗？”

“当然啦！我好歹有好几年的工作经验，各种各样的人也见了不少。尤其咱们这个行业，很多人都是金玉其外败絮其中，偏偏每个人又都拼了命地要面子。买不起名牌包的就去买假货，一人一个英文名，假装都是海外镀金回来的。碰上比自己强的人，点头哈腰；碰到比自己差的人，就把白眼翻上天。我实在看不上那一个个的轻狂样，所以，你刚来公司我就觉得你不一样……”

“为啥呀？”

“因为你穿得土哇！”徐晓挪动了一下脚的位置，不小心踩在了我脚上。

“哎！你不能因为我穿得土就踩我吧！这是我为了上班斥巨资买下来的好吗，都是我上大学时的梦想品牌，你懂不懂？”

“懂懂懂，”徐晓很夸张地翻了个白眼，继续说道，“你呀，是我见过的为数不多的，在公司里面不管跟老板说话还是跟保洁阿姨说话，都是一种语气的人……哎呀，扯远了。就是因为你神经大条，所以对好多人情世故没那么灵敏，这对你是种保护。再加上你干活快又不惜力，以你的综合条件，早晚能在公司里有一席之地，毕竟，哪个老板不喜欢干活拼命的员工呢？”

我从未在徐晓说的角度看待过工作和自己的关系。

上班这几个月以来，就是认真地完成上司交代的任务，只是我给自己提过一个要求：无论多晚，都要在当天把工作完成，所以经常在凌晨两三点把邮件发出去之后才睡觉。这在我看来连苦都称不上，经历了高考失败复读和考研的过程，每天只睡三小时是常有的事。

至于她说的“神经大条”，倒是由来已久。长大以后，妈妈还时常说起我小时候的各种“奇闻逸事”。

“你还记得因为老在别人家吃饭挨训的事吗？那时候，你去院里别的老师家玩，到了饭点，人家留你吃饭，你坐下就吃。回来的时候，我们跟你说，这是人家在虚你，就是客气客气，人家家里条件也不富裕，尽量不要在人家吃饭。讲了多少遍你也不懂什么意思。到了下次，还是吃。后来你爸只能拿小棍在你脑袋上敲一下，让你记住，可你还是记不住……

“以前带你去姥姥家，我打麻将，你跟小孩们在旁边玩。街上来了卖冰棍的，我给你和其他小孩都买，但是如果哪天别的小孩家长只给自己家孩子买了，没给你买，你就会大声问我，她为什么不给我买，让人家特别尴尬……”

这些事情，我都有印象，现在听起来也觉得奇葩，但小时候不觉得。想不通的地方就是怎么都想不通啊，而且不是家长教我要分享的吗？

“你想啥呢？”徐晓问。

我回过神来，看着平时看起来与世无争、心思也没放在工作上的徐晓，没想到她竟然对职场有这么透彻的分析和理解。只是我很好奇，她这么聪明，为什么自己不努力往上爬，就甘愿一直做个媒介经理呢？

“陶姜，你知道我为什么让你抓住机会吗？现在这样的空窗期，正是新人冒头的时候。这段时间咱们部门的很多工作都没人做，老板平时太忙，也不可能事无巨细地帮咱们布置任务，你可以主动去选一些能做的，不需要跟任何人汇报，先做了再说。”

“这样可以吗？要不要咱俩一起做？”

“我能猜到你心里怎么想。你肯定觉得，要真是这么好的冒头机会，我干吗不留给自己。实话跟你说吧，我现在已经在备孕了，每个月挣几千块钱，就是我的零花钱，家里也不缺我这仨瓜俩枣。要是真的生了娃，我说不定会有一阵子不再上班了，所以工作上的事你放心，有什么我能给你意见的，一定会给，力所能及的分担，我也会做。但是，你要记住，在新的总监和部门成员来之前，就是你要全力把握机会的时间。”

[7]

三年后，我当上了东时西时的市场部总监。

徐晓如愿做了妈妈，在家带孩子，我俩时常约出来叙旧。

这天，刚巧又约在了当年那家星巴克。我已经可以熟练地点单，请徐晓喝了一杯可可碎片，配一块软糯的芝士蛋糕。

一个月前，东时西时内部开始传出消息，说公司即将宣布上市。一旦这个消息成真，就意味着所有分到原始股的管理层，将在一瞬间变成大大小小的有钱人。而我，刚刚入职三年，就进入了这个名单。

关于我这个人的工作能力，同事们众说纷纭，而关于我到底如何在二十六岁就当上了部门总监，大家倒是意见一致——这个姑娘本事不一般。底下分公司的高管悄悄去跟总公司的秘书打听："你们公司那个陶姜，有什么背景？"秘书也讲不出个所以然，只模棱两可地说："最近老板好像特别器重她。"

外部的合作伙伴也来跟熟识的市场部员工八卦："陶姜最近红得有点快啊，你们之前那个客户部的王皓就是被她挤走的吧？"

就连在公司开了多年商务车的司机刘师傅，都会在带着同事们出门时，摆出一副万事了然于心的姿态："我在公司十多年了，可从来没见过咱们老板这么提拔一个人。"甩下这句话之后，再搭配一个让大家看不透的暧昧微笑。

这些声音最终总会以各种各样的方式传回到我耳朵里，我都是一笑置之，从不去反驳那些听起来有鼻子有眼的传言。所有停留在背后的议论，就像是在画布上反复添加的颜料，一层又一层，颜色添加得越多，这幅画看起来就越神秘，越让人摸不清。在职场当中，让人摸不清不是件坏事。

在同事中间掀起最多议论的，是去年我就以"市场部副总监"的身份，进入了公司原始股持有者名单。这其中很多细节，似乎颇为耐人寻味。

首先是在原始股名单公布之前的一周，人力资源部发出了通知，宣布我由市场部经理升为副总监，在此之前，公司里面从来没有过"副总监"这样一个职位。毕竟整个公司也就四十来个人，人多的部门也不过就六七人，实在没必要设置这么多名目。

紧接着，原始股持有者名单公布，管理层的线就画在了"副总监"这里。这个名单里的其他人，平均年龄在四十岁以上，唯一一个二十五岁的人就是我了。

颁布名单的时间是一年前。当时所有人都不认为东时西时能上市，至少不可能在短时间内上市。因此，当时大家尽管背地里不忿，对于名单也仅仅是议论了一阵子就过去了。在他们看来，那不过是一次名不符实的升职。

最近情况忽然变得不一样了。假如公司真如传言那般，将在近期登陆A股市场，那我进入这个名单就显得过于幸运了，幸运得像是提前安排好了一样。况且我今年又从副总监升为总监，这让一切显得更加名正言顺。

“现在传得可神了。恨不得说老板就是为了让你进入名单，才特地在去年为你量身定制了一个副总监的位置。”徐晓向前探探身子。

“爱怎么说就怎么说呗，我只知道我得对得起你当年的慧眼识珠。其实我为什么升职，你是最清楚的。当初林湘离职之后，咱们俩撑着市场部所有的活，大概有几个月的时间，我都是每天工作到早上三四点才睡，周六日也是在家对着电脑写一天……”

徐晓打断我：“别给我脸上贴金，那时候主要靠你，我还是经常偷懒的。我还记得有一次发布会之前，你的邮件从晚上八点多一直陆续发到了凌晨三点多，一项一项给邓总确认那些流程、串词、新闻稿、采访提纲、品牌体现细节。他也是个工作狂，你写，他就回，你再写，他再回，最后还是他在群发邮件里说，陶姜，不要再发邮件了，现在去睡觉。”

“对啊，我考研都没出现过的黑眼圈，那段时间都出现了，到现在都消不下去，你看。”我指着自己的眼睛。

徐晓没看我，而是看向我座位旁边的LV Neverfull中号手袋：“哎？这是你新买的吗？可以呀小陶子，现在真是洋气得不得了，都懂得买最新款的包了。”

我不好意思地揉揉头发，朝她小声说：“花了大半个月的工资呢，我是上次跟着老板拍杂志，看到《时尚》的主编背了一个，觉得很好看，还特别能装东西，正好适合我。我就咬咬牙，让朋友帮我从新加坡带了一个。”

徐晓把我上上下下重新审视一番：大地色毛衣配芥末格纹针织半裙，刚脱下的驼色风衣上坠着蜜糖色羊毛绲边，随意地搭在座位上。刚入职时的马尾辫剪成了短发，烫出了纹理，用发蜡抓得有点自然凌乱——她向我递来一个赞赏的眼神。

“所以我说呀，咱们这个行业的人都特别没劲。老是不把人往正道上想，就拿当时那封邮件来说吧，邓总的意思就是字面的意思，但是后来我听说很多人都在议论，说他对你的亲昵都藏不住了……”说到兴头上，她调整了一下坐姿，一脚踩在了我的麂皮靴子上。

我刚想把一口蛋糕放嘴里，又把勺子放下了：“说得这么恶心吗？不过徐晓，跟你说句掏心窝的话吧，我觉得这些议论，也不全都是坏事，起码后来大家不像刚开始那样爱欺负我了。当时你说我神经大条，对好多恶意感觉不到，其实我也不是完全感觉不到，我只是命令自己忽略那些。就像我小时候看到过的一些，我不想相信也不想面对的画面，我会跟自己洗脑说它没发生，不存在……”

说到这里，我意识到自己失言了，赶紧扯过一张纸巾掸去靴子上的灰：“咱俩每次坐一起聊天，你肯定要踩我一脚，真是奇了怪了。”

“哈哈哈，不好意思。我离职之后，不止一个人来跟我打听你，那些话听起来都怪怪的。现在他们都别叨叨了，你能到这个位置，是因为你的真本事。谁不知道自从跟深蓝天空那次合作之后，不仅电影公司的老板许总指定你跟进业务，连那位大导演孙骁都对你印象深刻，只有你能随意出入他的剧组，还能靠近他的监视器。”

“徐妈妈，你确定你是在家带孩子吗？怎么外面的事情了解得这么清楚？”

徐晓咯咯笑起来：“我问你，你和晓光最近怎么样？”

“没啥特别的，还那样。”我漫不经心地送了一口蛋糕到嘴里。

“我发现每次跟你聊起这个话题，你就一脸没兴趣。工作不是生活的全部啊，陶姜同学。”

“可现在工作就是我生活的全部啊，徐晓同学。”

“你俩在一起也两三年了吧，没有下一步的计划吗？还是说你对他还不够满意？”

“没什么满意不满意的，他性格好，能忍受我的脾气，我天天忙工作，他也不干扰我。平时有空就去吃点好吃的，看看电影，挺好的。”

“那你想过今后要跟他结婚吗？”

“结婚？怎么可能？我不是不想跟他结婚，我是压根就不想结婚。婚姻这件事，太没意思了。你知道吗？有时候我早上醒过来，看着外面的天光从租来的窗户里透进来，我就会想，我的生活就这样了吗？肯定不行啊。我还要更努力。”

“所以还是坚定地不结婚不生小孩？”

我摇摇头：“准确地说，是坚定地不生小孩，但是结婚嘛，也不是不能考虑。”

“瞅瞅这给你费劲的，还‘不是不能考虑’，你就继续天天泡在工作里吧，一个不懂生活的机器人！”徐晓翻了个巨大的白眼。

[8]

其实在东时西时取得邓克信任的里程碑事件，是个不大不小且从未被核实的秘密。

对这件事的猜测，我没跟任何人提起过，包括徐晓。

当时，正值与深蓝天空电影公司合作项目的收尾阶段，孙骁导演的新作终于进入上映前的宣传期。东时西时针对品牌合作的推广策略，也到了通过大型活动去展示成果的关键时刻。实际上，自从片场的银行卡事件之后，东时西时花了很大的力气才把孙骁的信任重新修补回来，这中间少不了各部门的密切配合。

有一天，邓克带徐晓和我两人去片场交接工作，路上买了百余杯咖啡，送到现场给工作人员喝。孙骁对邓克还是给足了面子，他清楚，这位老板所代表的品牌，给了他拍摄资金上有力的支持。上次在现场的大发飙，主要是对摄影师的做法不满，借题发挥一下，以肃清坏风气。毕竟，一个导演在现场树立权威的方式有很多种，以艺术追求为前提的发火立威，是有效的方式之一。只是当时赶在脚底下的林湘有点冤枉，被株连了。

刚好这天的拍摄进度不错，男女主演的状态极佳，孙骁收获了好几段动人的对手戏，心情很好。邓克端着咖啡走到帐篷里的时候，恰逢换场的休息时间，孙骁立刻热情地招呼他坐下，还请人帮他回放几个片段。借着热闹的聊天气氛，邓克把徐晓和我介绍给导演认识："今后现场的一些事情，可能会由她俩多跑一跑，到时候还请导演多照顾。"

"没问题。"孙骁朝我俩笑着点点头。

"这是陶姜，北师大电影系毕业的。"邓克介绍道。

"我也是北师大的啊。你哪一届？"

"我是 2004 年考来北京，上的研究生。"

"那我比你早了小二十年呢，我是文学系的。师妹好。"

"师兄好。"

邓克提前做的功课没白费，他和徐晓开心地对视了一眼。

这之后，我经常往返于公司与片场之间，徐晓会特意把一些活交给我去做，她能看出孙骁导演对我这个师妹的印象不错。人与人之间的关系就是这样，第一印象往往决定了两个人今后成为朋友的可能。

转眼间电影杀青，后期制作也在几个月内完成，终于要上映了，此时我已经成为孙骁导演与东时西时之间沟通的纽带。

眼下，邓克正面临着一个棘手的问题。

公司提出的针对上映期的商务策略，被电影的出品公司深蓝天空否掉了。据说出面否决的人，是在公司里做了二十多年发行工作的元老李总。尽管与他平级的宣传总监是认可我们的方案的，但无奈发行老总的权力更大，他否决的原因是，"这个方案太商业化，跟电影的主题不符”。

这个理由让我们哭笑不得。我们做的就是品牌商务合作，方案商业化几乎就如原罪一般，是不可避免的，只能尽量把它包装在一个看起来不那么商业的外壳之下。我们知道，孙骁导演对于这个方案是认可的，但是我们也不能得罪电影的出品公司。

深蓝天空是业内著名厂牌，作品常年位列年度票房前三名，除了炙手可热的孙骁导演之外，他们也跟多位其他不同类型的导演合作。近年来，文化产业发展得如火如荼，各大品牌都比以往拿出了更高的热情和预算，希望与时下最热门的影视作品合作。深蓝天空是我们必须牢牢抱住的大腿。

在营销策略问题上僵持了许久之后，连邓克都觉得卡住了。此时此刻，他只能绞尽脑汁去想一些铤而走险的奇招。

这天，我收到一条短信，是邓克发来的：“你看能否参照这份企划书，把咱们现在这部电影的商务活动列一下，就照我们的计划去写，不确定的也先写上。写完发给我。”

在电脑上打开文件，是去年另一部商业大片与某电商品牌的合作活动计划。我一面感叹这份东西做得非常专业，一面按照自己的理解，把孙骁导演这部电影可能会做的内容一一填写进去。半个小时之后，企划书完成，我检查了两遍，觉得没什么问题了，就发给了老板。

邓克很快回了短信：“可以了。你把它发到昨天晚上那个讨论嘉宾名单的邮件群里面，全部回复即可。就说我跟导演已经确认了。”

打开老板所说的那封邮件，扫了一眼收信者名单，里面有很多人。为什么要发在这里呢？可能老板只是希望同时让大家都看到吧。我没再多想，把邮件内容写好，附件粘贴好之后，点击了“发送”。

五分钟之后，电脑右下角提示有新邮件进入。

点开一看，我全身的血液好像都凝固了。那是深蓝天空发行部李总的回信，同样抄送了邮件名单中的所有人：“陶姜你好，我方已经多次表达，贵司的商务策略不可行，导演确认不代表深蓝确认。既然已经有这样的前提，不知为何你会发出这样一份未经斟酌的企划书。还望依照我们两家合作的大原则执行工作。谢谢。”

我再次点开了收信者名单，里面有自己公司的很多人，也有对方公司的很多人。在一份抄送名单多达二三十人的邮件里，收到一封措辞如此严厉的信，就像被拉到众目睽睽之下游街一般，颜面扫地。我的脸涨得通红，眼泪就在眼眶里打转。

此时，我收到了邓克的短信：“看到李总的回信了。我来处理。你不要担心。”

短短一行字，让我的眼泪哗啦哗啦流了下来。刚刚的委屈与羞愧随之消融了一些，心里感觉暖暖的。

这件事过去没几天，忽然听说深蓝天空的李总离职了。传言中说，他并非主动离开，而是被公司以身体不佳为由劝退的。再后来，这个传言又增加了不少细节，据说，李总是因为暂有不适，在家休息时，忽然收到了一封公司内部通知。通知中写着

“李总因为健康原因向公司提出辞职，我们感谢他对公司多年来做出的贡献，祝愿他未来一切都好”，发给了全体员工。他是在不知情的前提下，被扫地出门的。至于后续如何谈妥了遣散方案，大家就不得而知了。

直到几年以后，我这个当事人，才从多个渠道凑齐了这件事的部分真相。

孙骁导演与深蓝天空合作已久，成功作品层出不穷，但他跟发行部的李总向来意见不合。孙骁认为李总的理念过于陈旧保守，无法跟上观众更新换代后的市场，而李总则依仗着自己多年来的发行经验和人脉，不太把孙骁的意见放在眼里。一个是新兴的实力派导演，一个是老资格的发行高手，很难讲谁有绝对的话语权，两个人的矛盾越积越深。

到了与东时西时合作的阶段，两人的不和已经趋于白热化。电影圈的业内斗争，都是藏在平静海水之下的暗流，不身在其中往往察觉不到。在很多同行眼里，孙骁和李总依然是重要的合作伙伴，毕竟他们曾合作开创过一个又一个高票房纪录。

邓克把这些都看在眼里，随着合作的展开，他跟年龄只比自己大几岁的孙骁越来越熟，两人也互相欣赏。邓克敏锐地发现，如果想要把与孙骁及深蓝天空的合作牢牢稳固在自己手里，他需要帮这位导演扫清一些障碍。

那天，他让我把企划书发进一个大邮件群，大概就是为了让尽量多的人看到李总的失控。李总仗着自己在公司年头久，业绩好，总是眼高于顶，不把人放在眼里。要想动他，必须找到适合的机会。

这封邮件就是那个机会。

那个邮件群，原本是用来收集各公司的首映礼嘉宾名单的。邮件群里，有深蓝天空老板许轶君的秘书。许轶君一向器重孙骁，对于李总也很倚重，两人之间的矛盾，许总了解得并不多。邓克就是要制造一个机会，让许总看到点蛛丝马迹。他知道许总的秘书是个有点八卦的女生，跟许总已经工作很长时间，他想通过秘书的口，让许总知道，发行部李总在公司之外的邮件群里说了越界的话——“导演确认不代表深蓝确认”。

等到孙骁跟许总打电话，投诉发行部李总把矛盾带到了公开邮件里的时候，顺便也把过去两人之间许多意见不合之处，一股脑讲给了许总听。

以往，许轶君是不会参与这些工作的琐事的，在他这种级别的老板眼里，那些工作中的细枝末节不重要，但在一个合作许久的导演打来这样的电话时，他就知道必须做出选择了。在心里衡量一番，到底谁给公司带来的利益更大、更稳定？结论显然是孙骁。李总现在带领的发行部门兵强马壮，底下已经有很成熟的副手，况且他在这个位置上确实做了太久，不仅观念有些过时，本人也有点“功高盖主”的意思。他经常放在嘴边的一句话是“如果不听我的，那票房卖不到 X 亿可别赖我……”

接下来，顺理成章地，李总从公司离开，他的副手接任团队领导一职。那部电影选择了孙骁导演确认的整体营销发行方案，最终取得了爆炸性的成绩，成就了孙骁个人和深蓝天空的最高票房纪录。由东时西时提供的商务方案，也作为整体方案的一部分，得到了很好的贯彻执行，公司获得了不菲的利润。而邓克和孙骁之间，也因为那次心照不宣的邮件事件，成了更紧密的合作伙伴。

等我把这一切大致搞清楚，已经是很久以后了。

我知道自己在整件事情里，充当了那把刺破真相的匕首。之所以不跟任何人提起，是因为即使别人听到了，也会觉得我是被利用的工具，露出同情的表情，“你这是被当了枪使，现在是运气好，要是运气不好，你当时就已经被当替罪羊踢出公司了”。

管他呢，正是因为当上了这把枪，才为我职场生涯的第一年拉开了不同寻常的帷幕。至于老板为什么会选中我，这个问题无法向当事人要答案。

或许，正是因为徐晓以前说的那一点——“你的神经太大条，对人情世故上的东西，总是比正常人慢半拍”吧。

[9]

邓克在深交所敲钟的那天，我正带着团队前往广州出差。

飞机落在白云机场的时候，一打开手机，短信就像炸锅了一样，一条接一条，完全停不下来，全都是祝贺东时西时上市的消息。

一路舟车劳顿，还没去网上搜索各种信息，但从各方发来的短信里，我已经把情况了解得七七八八。公司股票的开盘价是三十九元，几小时就已经涨得超过了一百块。打开百度，输入“东时西时”，公司的股票代码赫然出现，那串数字看起来有点陌生，但代表着涨幅的红色曲线，正呈现昂扬的图像。

此刻，股市已经收盘。公司的股价暂时停在了九十七元。照这个价格计算，我持有的三万股原始股票，等同于二百九十一万元人民币，不敢相信这个数字，用计算器反复乘了几遍，都是一样的结果。

我拿了一张面膜，踏进浴缸，把面膜小心翼翼地贴在脸上，慢慢靠下去，闭上眼睛，感觉到自己被热水浸透，身体正在轻微发抖。

我跟自己说：从今天起，我有钱了。

[10]

正当我沉浸在原始股带来的财富想象中时，陶然跟同班同学陈宝生恋爱的消息，让我们全家人警觉了起来。

如果说这个世界上，有哪一个生命与我羁绊最深，却也最令我无能为力的，那就是比我小八岁的亲妹妹陶然。

说起陶然刚刚出生的那段时间，妈妈经常会逗我，“你那时候可讨厌她了。她刚出生的时候，你爸爸带着你到奶奶家，说，来看看小妹妹，你当时就绷着脸，背对着我在床边坐下，也不看她，就一直噘着嘴。”

“不可能。”我拒不承认，也确实没有这个印象。

“我跟你爸就发愁，说，这可怎么办哪？我俩就只能耍点心眼。趁着你在不远处，我们就故意说，唉，咱们要不是为了陶姜，要这么个小东西干什么？又拉又尿，这么脏，还老哭，哪有陶姜那么乖。咱们不就是为了这小的将来长大了，能给陶姜当保镖保护她嘛。这么说了好几回，你对妹妹的脸色才稍微好看一些。”妈妈从鼻子里发出窃笑。

这我倒是有印象了，小时候确实经常跟周围的小伙伴说：“我妹妹将来是要送去少林寺练武的，为的是长大了给我当保镖。”

陶然这个“人生使命”显然只是我的一厢情愿。

事实上，从外貌来看，她比我出色很多。初中阶段身高就超过了我，后来更是一路蹿到了一米七。她的相貌比我成熟，五官浓艳清晰，是标准的长腿细腰大美妞。

上班时间接到妈妈的电话，听她说妹妹最近不仅谈恋爱，还连续旷课很多天时，我当时心里还没觉得太严重，嘱咐妈妈盯紧她一些，说不定过阵子她看那个男生不顺眼了，也就分了。

没想到，这件事的发展远远超出了我的预期，陶然也倔强得不再像我印象中的妹妹。在这场对抗早恋的斗争中，爸妈两位家长首先败下阵来，可我总觉得还应该有办法，开始绞尽脑汁思考还能做些什么，可以影响妹妹的决定。

几天后将举行公司参与的一部跨国合拍电影的盛大首映礼。这次的盛大与以往不可同日而语，不仅将有拿过奥斯卡影帝的国外明星来华参加，国内的明星们更是闪耀无比。首映礼将在北京工人体育场举行，身为全案商务公司的市场总监，我在这场大型活动中有重要工作要完成，自然也掌握着一定的权力。

有了。给家人准备首映礼的入场券，邀请他们来现场。

除了让父母近距离看看我的工作内容，让他们放心之外，更重要的是让陶然看看，姐姐这么多年来的努力，到底换来了什么。或许妹妹被现场的热闹繁华吸引，有了来看看外面世界的冲动，会不再那么执着于跟老家的初恋腻在一起。

首映礼那天，我特意把爸、妈两个家庭的座位分列在场地的两端，让他们尽量看不到对方，又把陶然的座位放在妈妈这边，毕竟爸爸那边已经有了儿子。

首映礼过后，我迫不及待地询问妈妈，陶然对于来北京参与这次“盛事”的反应。

妈妈在电话那头支支吾吾的。奇怪，难道还有什么不能说的吗？

逼问之下，她终于说了实话，“陶然说，我觉得我姐很可怜，一晚上都要弯着腰在场地里面来回跑，太累了。一想到她在北京一个人，身边也没人照顾，我就觉得心疼……”

我当时嘴里的一口水差点喷出来，什么？可怜？！

在北京奋斗这几年，在公司有了稳定的位置，账户上也有了可期的收入，到头来在妹妹眼里就落得“可怜”二字？

我仔细回想了当天活动的一些细节，之所以经常要“弯着腰”，是我们的职业习惯，为的是不要挡到观众们看银幕的视线。之所以要“来回跑”，是因为要负责跟前排的嘉宾、老板、导演、主演们沟通流程上的细节，这种工作在其他同事的眼里是羡慕，毕竟如果没做到管理层，是没机会去做这些沟通的，万万没想到这在妹妹看来是“太累了”。

跟晓光恋爱的事情，我没跟家里人提过，觉得没必要。这下可好，“可怜”和“太累”两个词语叠加，加上在陶然眼中没有男友照顾的形象，原以为会让妹妹蠢蠢欲动继而分手然后发奋图强离开老家的首映礼，却成了我实在令人“心疼”的证据。

[11]

几个月之后，陶然参加高考，成绩果然普通。全家人都希望她能复读，无论如何考到北京。陶然并不理会，她在可选的大学里面，选了一所离家最近的。

现在回想起那段时间，依然觉得头大。父母之间不直接沟通，但都会各自跟我唠叨妹妹的情况，她是如何疯狂地投入恋爱，又是如何置自己的前途于不顾。对于这些，我已经处在难以承受的边缘，更难接受的是，父母都不可避免地把责任归咎于对方。

这是所有经历过父母离婚的孩子都很熟悉的，也是大家都不愿面对和承受的。

那段日子，打电话打到头疼是常态，我开始还试着替另外一方辩解几句，后来发现这样只会增加通话的长度，增加我们争吵的概率，并不会改变他们心中的想法，到最后别扭的还是我自己。于是我不再花费力气去解释，就茫然地听着。

一边是座机、手机、MSN 上的工作消息连番轰炸，一边是爸爸妈妈妹妹不定时打来的抱怨电话。以前会把最喜欢的歌设置为铃声，但这样的电话接多了，每次铃声响起都心惊肉跳，反而让它变成了我最讨厌的一首歌。就是在那个阶段，我把手机设置成了静音，之后再没改变。

每次陪聊结束，挂了电话，眼泪就会控制不住地掉下来。晚上头疼，失眠，第二天还要准时上班。实在扛不住了，就打电话给徐晓倾诉。剪不断理还乱的家务事说不清楚，东拉西扯的闲聊还是可以的。

“……所以这个王皓啊也是活该，之前在咱们公司的时候就爱搞小动作，现在到了新的公司，又因为收黑钱被公司开了，林湘在鎏金倒是一直还不错……”

“你先别说这些破事儿了，我也不关心他们。你先跟我说说，你和晓光到底是怎么回事？我听施唐说，你俩分了？”

“哦对，我还没来得及跟你说，那天是在新家附近碰上施唐了，本来想哪天约个饭好好跟你们俩吐槽一下呢。其实也没怎么回事，就是我发现他出轨了，然后就分手了。”

“什么玩意儿？出轨？这么严重的事你就这么轻描淡写地过去了？我怎么也听不出你的愤怒呢！”

“因为我确实没觉得愤怒啊。”我猛地灌下一口热水。大姨妈来了，肚子正疼。

“那你是怎么发现的？”

“就那天，我正躺在床上发烧呢，他说一定要出门去办个事，我问他能不能改天再去，他说不行，然后就去洗澡了。我看到他手机屏幕一亮，陌生号码，发了一句话：老公，你什么时候到？”

“他可真行，我算是看错他了。本来以为挺靠谱一男生。”徐晓在电话那头开始愤愤不平地骂街。

“他洗完澡就出了门，压根没管我烧到了多少度，接着我就想起最近几个月，他经常会回来得很晚，偶尔还会在外面过夜，我问他为什么，他说因为要跟同事一起加班处理工作。”

“这么白痴的借口你也信啊。陶姜，你可真是够了，之前从没感觉到任何危险信号吗？”

“嗨，我哪顾得上想这些，都是他说什么我就信什么，可能是因为太自信，也可能是工作太忙了顾不上……”

“让我说你点什么好……后来呢？”

“看到短信之后，我问了自己一个问题，你想跟这个人继续下去吗？答案是，不想。那我就想怎么样能最快速地分手，不给对方任何找理由的机会，于是我就打开了他的电脑。因为平时我对他从来不查岗，也从来不怀疑，所以他对我也毫无防备，打开电脑之后，发现他的QQ是可以自动登录的，登录之后随便一翻，里面明晃晃的全都是证据。等他那天夜里回来，我跟他说，我看到了你的短信，也打开了你的QQ，看到了所有的对话记录，咱们分手吧。”

“他什么反应？”

“就哭呗。他了解我的性格，知道我一旦决定了的事情，就不会改变。除了一直说对不起，也没多说什么。第二天，我开始在网上找短租的房子，然后把所有行李都收拾好，就搬出来了。

唉，来北京几年，数一数，不过就是十几个大大小小的箱子。”

“陶姜，凭什么是你搬出来，而不是他？”

“那个房子本来就是他租的嘛，都分手了我再住着也不合适啊，我本来是不想马上买房子的，现在这不就给了我动力看房子、买房子嘛，也算是个好事吧……”

“你现在就住在短租的房子里吗？搬家就你自己搬的吗？怎么都不跟我说？你一直这样，有什么事情都自己扛，也不知道在你眼里朋友是用来干吗的。”

“哎呀，搬家晓光还是帮了忙的，虽然分手了，这点情分还是在的。这里条件还不错，你别担心。朋友是干吗用的，当然是尽量分享好消息啊，而且你现在不正听我唠叨帮我解压呢嘛……”

“小陶子，你从头到尾都没说觉得难过，我真的希望你是因为不爱这个人，所以感觉不到难过，而不是把难过憋在心里，不表达。”

“老徐，你放心吧。要说难过，几年的感情没有了，肯定是难过的，但是这点难过还不至于打倒我。一会儿挂了电话，我还得去改方案，明天约了中介看房子。这样吧，等我哪天签了买房合同，咱们叫上施唐一起吃饭，你们给我庆祝！”

[12]

其实还有件事，我没跟徐晓说，也没跟任何人说。

前阵子从家回来，因为无法忍受父母双方在陶然恋爱问题上的隔空争吵，我上午就早早开车出了门。以往回家我都是要睡到中午，吃过午饭才开车上路，这回实在是忍不了了，想早点逃离家中紧绷的空气。

睡眠不足，加上手机里一直跳出来各种工作信息，尽管不至于胆大包天到在高速上看手机，但反复亮起的屏幕还是让人分神。有那么一瞬间，我觉得前面的车怎么这么近，接着就听到巨大的撞击声，大脑一片空白，时间仿佛静止。

车狠狠地撞上了前车，又被后车狠狠地撞了一下。等我反应过来之后，车已经在高速上连环追尾了，我的车被夹在中间。

我的第一反应是完蛋了，身体的感觉，就是被一只巨手拎起来，在空中用力甩了一把。

后车的司机来查看情况，看见我正惊魂未定地抚着胸口，舒了一口气。他怕我万一有个好歹，这责任就大了。我们把三辆车挪到应急车道，等警察来之后，又各自把车开到城里去办手续。

整个过程，我觉得自己麻木得像个机器，只在看见新车的车头被毁得面目全非时，才感觉到一阵阵心疼。

都处理完了，后车司机要带我去医院做检查，我拒绝，觉得特别丢人，特别麻烦。我只想尽快回到我自己的住处，一个人安静地待着，而且手机里还有拖了好久没回复的工作信息，不能再拖了……

没想到后车司机非常坚持，“您必须得跟我去医院检查一下，万一颈椎、腰椎有什么问题，您将来找我，还不如现在咱们一起去查清楚。”拗不过对方，只好强撑着去医院看了看，好在医生说没大事。

回到家已经是晚上，整个人像虚脱了一样。打开冰箱，里面什么都没有，刚好折腾了一天也没什么食欲，晚饭就不吃了。我坐在桌前，打开电脑开始工作，只有把工作从清单上一项项消除，才能让我获得平静。

外面的灯火亮了起来，透过窗户看出去，想起很久以前在书里看到的一段话，大意是，一打开家门，家里有丈夫、老人、小孩在等着你做饭，孩子吱哇乱叫，你忙了一天还得去厨房开火的崩溃，和孤身一人生活，打开门家里冷冰冰的，冰箱里什么都没有，只能自己一个人吃方便面的崩溃，我宁可要后一种崩溃。

我深深赞同。

第二天早上睡醒，想从床上坐起来，却发现身体已经无法达成这个简单的动作。后背的肌肉就像是被熨斗熨了一样笔直绷紧，稍一用力就疼得不得了。找了半天的角度，一不小心咕咚一声，竟以平板状翻滚到了床下的地毯上，还好有地毯做个缓冲，摔得不算太狠，我用手撑住身体，使了半天劲儿才勉强坐起来。

终于起身，我在原地笑出了声，为刚才的狼狈景象。

刚笑两声又赶紧停止，因为后背的肌肉被扯得生疼。

在公司像机器人一样行走了好几天，并不影响我在办公室发号施令，在谈判桌上跟对方据理力争。有次在会议间隙去上洗手间，刚好听到隔壁的隔间里传出打电话的声音："真的，太牛了，我觉得我真做不到她那样……"

听起来是客户部新来的助理的声音："对啊，身体都成那样了，也不请假，我有次看见她东西掉地上，都没办法弯腰去捡，脖子整个是僵的……来公司之前我听说过她的事，但真没想到她这么拼……"

哦，原来是说我呢。小姑娘的声音里面，带着几分讶异几分惶恐，为了不让她尴尬，我在洗手间里等她出了门，才走了出去。

过了些日子，身体逐渐恢复，早上醒来的时候，终于可以先在床上翻身成侧面，再用胳膊撑住坐起来。就在这段时间里，我带领团队又拿下了一场上千万的冠名活动。

屋漏偏逢连夜雨，背部肌肉拉伤终于恢复得差不多时，我又摔了一跤。

那天刚准备洗澡，衣服都脱掉了，忽然手机响，怕是重要的工作，就赶紧出去拿了手机进洗手间来接，里面比较暖和。可洗手间信号不好，我又把手机伸到门外，倾斜着身子说话，说着说着，电话那头的人只听到一声“啊”，接着半天没声音。

“陶姐，陶姐？您没事吧？”

都是洗手间地上的水惹的祸。刚搬到新家，地形还没那么熟悉，我身体倾斜的幅度有点大了，脚下一滑，完全没有任何防备，一秒就重重地摔在了洗手间的硬地上。

我被摔蒙了，好一会儿才反应过来，跟对方说：“没事没事，我摔了一下，晚点再打给你哈。”

胡乱挂了电话，调整姿势坐在了地板上。浑身疼，已经没办法走到外面，或者拿个软垫给自己坐着。看到左边膝盖被划掉了两块肉，血已经冒了出来，这下肯定是要留疤了。我左腿的膝盖小时候就摔过，已经有了两块疤痕，现在又要增加两块，啊啊啊，这辈子最讨厌的事情就是留疤！

想到这，我忽然崩溃，在家里号啕大哭起来。反正没人能听见，就尽情发泄一次吧。整整哭了一个小时，我擦干眼泪，洗了澡，吹干头发，把刚才的工作电话打完，开始盯着沙发上的衣服发呆。明天有一场很重要的首映礼活动，我早早就为此搭配好了服装。一件有机纯棉的黑色包身打底衫，配红色丝缎黑色蕾丝绲边的半身裙，裙子内有裙撑使其呈伞状，透明的高跟凉拖很好地弥补了身高。可惜这条裙子的长度盖不住腿上鲜艳的伤口，况且为了恢复得更快，伤口最好是露在外面。

一时找不到可替换的搭配，第二天，我就穿这套衣服去了首映礼现场。远远看着，红色裙子和红色血痂，触目惊心。

这一幕如果让陶然看到，她肯定觉得姐姐更“可怜”了。

[13]

开车奔驰在北京的三环路上，道路两旁的灯火从眼前快速掠过。

天上的月亮不会说话，路旁的建筑不会说话，街灯不会说话，霓虹不会说话，夜风中的一切，都因你自己的情绪而变幻着它的声音。你快乐的时候，周围都是快乐的声音；你迷茫的时候，周围也都是迷茫的声音。

二十三岁上班，忙碌了七年，这七年带给了我超出同龄人的财富和成就感，但也带给我失眠、精神衰弱、腰椎间盘膨出、过敏性咳疾等一堆毛病，这些都是为了升迁必然付出的代价。如今看着不甚明朗的未来，忽然有点厌倦。

我一直都认为感情不可靠，只有自己的独立最可靠，所以上大学时不顾一切地努力，不谈恋爱，一心扑在书本上，因每日的辛苦付出而感到充实又安心，工作以来更是如此。

回想过去忙碌的七年，几乎没有私人生活，在公司里过关斩将，也获得了几场漂亮的胜利。现在面对新一轮职场斗争，却只觉得了然无趣。过于专注升学和升职这件事，在背后逐渐累积着的不可控的东西，犹如平静海面下的冰川，此刻赫然浮现在我面前。

这些年里，我一直在做自己认为正确的事，任何工作都想处理得滴水不漏，努力学习着成人世界里的游戏规则，随着年龄和经验的增长，越来越能一眼看穿别人的心思，识破别人谈判中的底牌。

经历过欺骗与争斗之后，慢慢学会在所有的工作交往中，都把别人看成是一台机器，彼此之间只剩利害关系，这样才最安全。早已没有了小时候认识一个新朋友时，内心涌动的期待传递到掌心那种跃跃欲试的温度。

每一个案例尽量做到漂亮，把它们一个接一个堆砌在脚下，踩着由它们和一路走来击败的竞争对手组成的阶梯，一步步地往上走。每天早上出门前，拿出前一天晚上精心搭配的衣服，配上一双十厘米以上的高跟鞋，涂上明亮的口红，这些东西像是战士出征前的装备，让我可以把自己严密地武装起来，趾高气扬地走出去面对世界。

现在，我却不想再过这样的日子了。

辞职吗？这显然不是目的。我对东时西时有着深厚的感情，内斗原本就是在哪里都会发生的事情。

为什么不出国读书呢？我忽然想到。

当初研究生快毕业的时候，曾经动过这个念头，但钱是最大的问题。毕竟上了那么多年的学，该自立了，家里也拿不出供我出国读书的钱。现在有机会重新选择，难道这不是最好的方向吗？

仔细想想，这条路的优点都是精神层面的，缺点都是物质层面的——假如没有奖学金，出国必然要花掉一笔不小的积蓄，此时在国内要还房贷，虽然在公司有价值不菲的股票期权，但如果辞职，不知道还能否留住。况且，一年的时间不工作，再回来的时候，还能否找到适合的位置，是个最大的未知数……

但是，去看更大的世界，去过完全不同的生活，去新环境学习新东西，去找寻新的自己，所有这些，对此刻的我来说，吸引力实在太大了。

公司期权有复杂的行权机制，乐观的话，只要在公司多干一年，就能再拿到一两百万；如果能再干两年，甚至有机会拿到全额的三四百万。这么多钱我当然在乎，可现在满脑子已经被出国留学占满了，再也容不下其他。

我算了一下手头的积蓄。存上一年房贷之后，剩下的钱如果省着花，勉强够学费和生活费。

我的性格向来是说干就干，第一时间跟邓克提了“辞职去英国留学”的想法。邓克对此毫无心理准备：“陶姜，如果你觉得最近公司里的一些事情影响了你的情绪，没关系，会慢慢理顺的。有些事也不像你表面看到的那样。如果你想休个长假，甚至去进修，公司都可以资助你去。”

“老板，不是因为这个。公司里最近发生的事情，对我来说不严重。您了解我，知道我能应付。出国，是我送给自己三十岁的一份礼物。这么多年来，我一直在全速前进，有点亏待自己的身体。现在，我只想去过不一样的生活。”

邓克沉吟一会儿，说道："你离开对公司的业务还是有影响的，但站在并肩作战多年的战友的立场上，我愿意支持你的决定。这样吧，你先去申请学校，如果搞定了，再向公司提离职，如何？"

我盯着他的眼睛，说："谢谢你，老板。"

走出邓克的办公室，我整个人感到异常的轻松。路过杨健的办公室时，我往里看，跟她正好对上了眼神，送她一个意味深长的微笑。

接下来的日子里，我兴致勃勃地安排雅思培训，找人写推荐信，给申请的学校递资料。每天晚上做历年考题、背单词，一弄就弄到后半夜，第二天再去公司上班。当初为了考研和工作熬夜的经验还在眼前，我对这样的苦有足够的承受力。其实我压根不觉得在受苦，这只是通往更美好彼岸的必经之路。

两个月时间，我把雅思考到了七分，之后不久，有三所学校陆续向我发来了录取通知书。根据与邓克的约定，我向公司人力资源部正式提出了离职申请。

这个消息在公司内外造成了小小的轰动，很多人来问，你怎么舍得现在的工作和位置？你哪来这么大的勇气？

我一律回答：在这件事情上，我没有用到勇气，只用到了直觉。

之后不久，我听到一些风言风语，说我在戛纳时就已经接受了廖野公司的邀约，留学的说法不过是烟幕弹。还有人以为我只是花钱买了一个野鸡大学的名额，原本嗤之以鼻，当听说我申请到的是世界排名前三的名校时，差点跌碎了眼镜。当然，这些都是徐晓那个小灵通告诉我的。

所有这些，对我来说，已经无所谓了。

眼下最重要的，是我获得了真正的自由。

[14]

出发去伦敦前，徐晓请我吃了顿饭，算是饯行。

我们约在一家位于大厦顶楼的日本料理餐厅。由身穿和服的女服务生领位，坐在了预约的靠窗座位上。窗外，是北京最繁华的灿烂灯火。

打开菜单，看到价格，即使见过些世面，我也有些咂舌。

“咱俩没必要吃这么贵的吧。一杯可乐都要八十八。”

“说好了今天我请你啊，别跟我叽歪。你这一走就是一年，就当今天这顿是平均分在三百多天里了。快，想吃啥点啥。”徐晓很有派头的样子。

“行！不管你什么时候搬到加拿大，反正这一年里你要是去欧洲旅行的话，必须要去伦敦找我。”

“一言为定。”

菜陆续上齐了。牛油果鲜虾沙拉、烤鳕鱼、两份鳗鱼手握寿司、小份和牛寿喜锅，摆得满满当当。我们拿起热热的清酒碰杯。

“老徐，谢谢你当初的鼓励。要不是你那时帮我分析形势，我根本搞不清楚状况。”

“陶姜，就算当初是我鼓励你抓住机会，我也没想到你能抓到这种程度。你真正的潜力，远远大于我当时看到的。后来听人说到你的铁腕手段时，我甚至会有那么一两下觉得恍惚，心想，幸亏我跟你是朋友，不是敌人，不然的话，肯定会被碾得连渣都不剩。”

“你快拉倒吧。我没那么大能耐。倒是你，现在小朋友该进入叛逆期了吧？我记得我妹妹就是从三四岁开始变得特别讨厌的。以前你让她干吗她就干吗，三四岁的时候忽然学会了顶嘴，凡事都要跟你顶两句，每次都想打她。”

“可不是嘛！天天把我气得够呛，但总在气完我之后，不经意间给我个甜头。‘妈妈我最爱你了，我要把我的心送给你。’哎哟，心一下子就融化了……”徐晓夸张地做出花痴表情，脚又踩上了我的小白鞋。

“咱们这个踩脚的仪式算是没完了。”我心疼地擦着白鞋上的污渍。

“这可是我第一次看到你穿平底鞋，果然心态不一样了哦。陶姜，说正经的，你跟晓光分手之后就没再谈恋爱，天天孤家寡人的有意思吗？以前我催你，你老说忙忙忙，今后可不能拿忙当借口了。你去英国，别的不说，必须给我带个男朋友回来，听见没？最好是个又高又帅的老外，你看那些混血小孩多好看，你赶紧生一个，再不生你就要变高龄产妇了！”

我把手头的纸巾攥成一个球，朝徐晓丢过去。

徐晓麻利地闪身，哈哈大笑起来。

那天，我们俩喝掉了一壶又一壶清酒，喝到后来只记得彼此的笑脸，在对方的眼睛里映照着。来北京这些年，幸好有她一直陪伴在我身边。那些属于我们之间的时光碎片，将永远留在这座城市的各个角落，成为我们友情的见证。

出发那天，当我乘坐机场的穿梭列车前往登机口的时候，心情无比的轻松。没让任何人来送，我想独自感受这一刻。

人生中总有一些这样的时刻，是无比踏实地怀抱着对未来全然的期待，这期待拥有强大的治愈力量，仿佛在跟你说，你在过去的时间里已经倾尽了所有努力，毫无遗憾。

现在，请奔向属于你全新的未来吧，它在等着你。

2014

第三章 谁的秘密

2015

陶然，

今天早上，我是被雨点打在玻璃上的声音叫醒的。

小时候，我们一起住过的那个乡村中学里的宿舍，你肯定记不得了，从那里搬走的时候，你才一两岁。我一直很怀念那时候的夏天，雨后会有一排排的蜗牛出现在墙脚，我就蹲在地上看着它们缓慢地爬行，一盯就是好长时间。

记得有一年爸爸给我买了一双红色的雨靴，那是我的第一双雨靴，穿上它故意去踩水，想看是不是真的不漏，结果不小心踩进一个深坑，泥水灌了一靴子……

后来长大了，就不喜欢下雨的天气了。总是弄得身上湿漉漉的，裤腿和鞋袜脏兮兮。直到现在到了伦敦，我发现我重新喜欢上了雨天。

我的宿舍在把角儿的位置，有两扇呈L形的大大的窗户。窗外有两棵巨大的法国梧桐树，树叶离我窗户很近，伸出手就能摸到。每天拉开窗帘，这两棵树总会先带给我好心情，尤其这样下雨的日子，空气也跟着变得更加清新。

这里的大学宿舍不像国内，它们大多数都不在校园里，而是分散在伦敦城内，我申请到的这一处离学校已经算近了，走路也要二十多分钟。其实原本我想申请海德公园旁边那一栋，虽然离学校远，但想必风景很好，结果没成功。

刚到这里那天晚上，如同鸽子笼一般大小的宿舍震撼了我，紧接着又遭遇各种生活小事上的不顺利，这些我都跟你在微信上吐槽过了。现在熬过了那段时间，事实证明，人的适应能力是无限的。

房间里冷，每天睡前把暖水袋拿出来，灌上开水放在被窝里，钻进去时就暖和很多；浴室里没有插座，在房里吹头发又不想弄得地毯上都是头发，就把吹风机插在床边的插座上，对着床铺吹头，再用粘棒把落在上面的头发粘下来；洗完的袜子和内衣用细衣架侧着挂在暖气外面，干得会比较快；装台灯的盒子被我剪成了两个小纸盒，用来放发卷和吹风机的扁头；用超市的一张纸卡叠成了一个篮子来装化妆棉；到了星巴克都跟人家要一个空杯子拿回来装东西……

想想几个月前的自己，还坐在空调充足的办公室里，有同事帮忙订餐和网购，每天开车往返于家和公司之间，走路的距离仅限从家到停车场那几百米。如今在这里，三天走的路就能超过以前一年的量。由于时差的原因，作息变得很规律，夜里十一点睡，早上六七点起床。可能是因为走路多了，身体热量也越来越多，晚上已经不觉得脚凉了，这些都是之前从未有过的体验。

希望你和妙语一切都好，你的家庭剧有什么好玩的情节，最好是你这个儿媳妇面对恶婆婆逆袭的情节，一定记得分享给我。

姐

2014年3月20日

姐，

有件事我必须跟你分享一下，你看了肯定会觉得爽快。

自从搬出婆家之后，我还是时不时跟宝生带着妙语一起回去吃饭。没想到，最近居然让我目睹了我婆婆的窘迫时刻。

起因是个很小的事情。我公公爱吃鱼鳔，但婆婆觉得鱼鳔属于内脏，不干净，每次处理鱼的时候都把鱼鳔和其他内脏一起扔掉，我公公跟她提过几次，她都不听。这天大概是我公公在外面也攒了一些怒气，回家来吃饭时，看到桌上的炖鱼里又没有鱼鳔，忽然一股子邪火冲上脑门，端起盘子就把整条鱼都扣在了地上，鱼汤溅了婆婆一身。坐在旁边的我看呆了，妙语也被吓了一跳。

我公公大声嚷嚷着：“你为什么总是这样，跟你说了多少遍我爱吃鱼鳔不要扔掉，为什么你回回跟我对着干？”我婆婆被这突如其来的举动吓愣了，反应了几秒，才赶忙拿起桌上的纸巾擦了几下身上的鱼汤。

自从结婚以来，婆婆在我面前都是一副昂扬自得的模样，从来没有像今天这么狼狈过。如果宝生在的话，他肯定会维护他妈，跟他爸吵几句，但偏偏那时他还没到家。

我劝公公别为这种小事发这么大脾气，婆婆做半天饭很辛苦，这下全浪费了。公公也觉得有点不好意思，就赶紧招呼我们吃饭。桌上还有其他菜，他自己盛了一碗饭，旁若无人地大吃起来。我把妙语放在小推车里，起身去拿笤帚、簸箕，先把地上的鱼收拾了一下，又招呼婆婆说："妈，你也快吃吧。"

正说着，宝生推门进屋，看到气氛有点奇怪，就问怎么了。我婆婆给我使了个眼色，让我不要说，自己接话道："没事，赶紧吃饭吧。今天太热了，我回屋里开空调吃。"然后她就拿起碗，装了一点菜一点饭，端着回了屋。

过了一阵子，外面都吃完了，妙语也睡着了，我推门进去，看见她躺在床上，用胳膊挡着眼睛，在默默地掉眼泪。碗里的饭菜也没动。见我进来，她端起自己的碗，往嘴里扒拉了几口，就起身去外面收拾饭桌了。我要进厨房帮忙，她也第一次说，“我自己弄就行”。这时候我公公就很自在地看电视，悠闲地喷云吐雾，好像什么都没发生一样。婆婆端着削好的水果走过来，放在茶几上，也若无其事地坐在了沙发上。宝生光顾着玩手机，没注意到周围的尴尬，我心里却忽然有种特别复杂的感受。

我本来以为自己会很解气，但是并没有。以前在我的认知里，“婆婆”就是一个我被迫要与之产生联系的符号，何况她又是那么一个阴阳怪气的性格，给我添了无数的堵。可是今天，当我亲眼看到这样一个嚣张跋扈的人在面对自己丈夫时的怯懦样子，我不仅生出了一种同情，而且第一次产生了想了解她这个人的想法，也不知道我这是种什么心态……

陶然

2014 年 3 月 21 日

[1]

姐姐出国之后，虽然不再像以前工作时那样根本没空跟我通电话，但时差又造成了新的障碍。我这里的早上，是她那里的半夜。我这里下午的时候，她要么还没睡醒，要么刚起床。等我这里晚上了，她又要匆匆忙忙去上课。

幸好我们一直保留了通信的习惯，在这个信息传递越来越快速的时代，写信成了我跟姐姐之间一个小小的坚持，一个温馨的秘密。

“今天你没到家的时候，你爸一闹气把整盘菜都扣地上了，弄了妈一身。”我对宝生说。

他轻呼了一口气：“怪不得呢。我就觉得不太对劲，但是我看他们谁也没说什么，我也就没问。”

“你妈平时那么咋咋呼呼一个人，我以为会打起来呢，可她什么也没说，自己默默地回屋哭了一会儿，又出来削水果。”

“她一直就是这样，所以我以前总跟你说，她就是嘴上不饶人，其实心里很㞞的，尤其是对我爸，从来不敢反驳。”宝生叹了一口气。

我继续追问道："你妈年轻的时候是个怎样的人啊？也像现在这样吗？"

"应该差不多吧。从我记事起她就很少出去，每天基本都是在家，那会儿家里条件不好，她也会打点零工贴补家用，因为和我奶奶关系不好，所以不管她去哪儿，都会带着我，说是怕我奶带坏我。"

"那更年轻的时候呢？没结婚之前的事情，你听她说起过吗？"

"说的不太多。我只知道他们兄弟姐妹六个，我妈是老五。她上面有四个姐姐，下面一个弟弟。这么多闺女，她还是老五，你应该能想象到她的处境了吧。"

"嗯……那她估计挺难的。"我感叹道。

"我妈说她小时候就没穿过新衣服，都是拾姐姐们剩下的旧衣服，有的打满了补丁，去了学校同学们都笑话她。姐姐们比她大，都随意使唤她，弟弟在家里受宠，也老欺负她。"

"那是挺可怜的……"

"对啊，她说那会儿家里有点好吃的都会尽着弟弟吃，弟弟吃完了姐姐们吃，最后剩下了才会分给她；地里活儿多的时候，大姐和弟弟去上学，其他姐妹几个得请假跟着去干活，这么耽误下去，她初中没上完，就去打工了……"

我沉默了。原来这个肆意乖张的婆婆，有着这样艰难的童年。

眼看着一辈子受尽重男轻女之苦的她，又把这份痛苦原封不动地传递到下一代身上，让我觉得可恨又可悲。

[2]

一大早，我去取了个很大箱的国际快递，是姐姐给妙语寄回来的。里面除了一些漂亮的衣服鞋袜，还有一个名牌卡通书包。我们畅想着，等她以后上幼儿园了，背着这个书包去上学，肯定特别拉风。

正好宝平带着小虎来家里，一眼就看见了那个书包，也不打招呼，就给小虎背上了，边背边说："哎，你怎么弄了一个这么幼稚的书包啊？这么大岁数了，背着多奇怪，我看我们小虎背着正合适。"

经过跟陈家两位女性的长期接触，我已经很明白她们的套路。

虽然已经搬出了婆家，但宝平还是经常来我家，每次来了都会翻箱倒柜看我买了什么新衣服，用了什么新化妆品，穿了什么新鞋。只要有看着顺眼的，都会以不适合我为由拿走，再跟婆婆说我花宝生的钱有多么大手大脚。

妙语越来越大，家里玩具多起来之后，她又开始把小虎喜欢的玩具顺手带回家，连个招呼都不打。隔一阵儿来我这搜刮一番，似乎成了她枯燥生活中的乐趣。其实她什么都不缺，但就是看不得我有任何她没有的东西。

当然，她不只惦记我家，婆婆家的东西她也从不放过。过年的时候我给婆婆买了一套价格不便宜的护肤品，婆婆还没来得及打开，就被她整盒带回家了。我给婆婆买的衣服、鞋子，只要她能看上的，也统统都带走。

这些年，宝平总说自己省吃俭用，不愿意花家里一分钱，不像我这个寄生虫，整天吃她家的、花她家的，但就靠这么搬运，她已经把家里搬得满满当当。

今天不用说，她肯定是想把这个书包拿走，但我不打算给她这个机会。“这是我姐从英国给妙语买的，为的是等她去幼儿园的时候，能和别的小朋友背不一样的书包。”

宝平见我不接招，便故作大声地说：“快把妹妹的书包摘下来，别给妹妹弄坏了，咱们可赔不起这高级货。”她边说边用力抢夺小虎身上的书包，小虎被她这动作激恼了，死活不肯摘下来，两手紧紧地拽着书包背带，哇哇大哭。

宝生看到这一幕，说：“小虎喜欢就拿走吧。我再给妙语买。”

我内心很不高兴，宝平不经允许就乱拿东西这个毛病，一直让我特别讨厌。今天如果她顺着这个台阶拿走书包的话，我又不好说什么，想到这就一阵腻烦涌上心头。

宝平继续故作坦荡地对小虎讲道理，一边讲一边看向我，小虎继续拒绝摘下书包，就这么僵持了很久。我全程保持沉默。宝平实在觉得没脸，就把书包硬生生地薅下来，扔在了沙发上，带着小虎出了门。

过了没多久，我已经把这件事忘了，那天正好去工厂拿东西，婆婆忽然阴阳怪气地说：“唉，要说这舅妈们，就是没有好人。”

我没意识到是在跟我说，以为她在打电话，就没搭茬儿。

“也是，不是自己的孩子谁会疼啊。巴不得他们赶紧滚得远远的。”她接着说。

见我依旧没反应，她忽然直接问道：“你为什么对我闺女和闺女的孩子不好？”

我一愣：“我怎么了？”

“一个破书包，就像我们买不起似的，孩子喜欢你都舍不得给。气得你姐回家哭了半天，你怎么这么没良心！”

我这才反应过来是怎么回事，心里觉得可笑又无聊，但还是耐着性子跟婆婆解释：“书包是我姐在国外特意给妙语买的，说等她上幼儿园了可以背和别的同学不一样的书包。我怕我姐回来的时候发现书包送人了，不太好。”

“你什么意思，国外买的了不起啊？从哪儿买的我们买不到？谁稀罕？你也别老拿你姐说事儿，别觉得她有钱就能给你撑腰！你天天吃我们家的，喝我们家的，现在一个破书包成宝贝了？有本事就什么东西都自己攥着别撒手！”她的音量瞬间提升。

我被噎得够呛，前些天对她的同情一扫而光：“您这人怎么这么不讲道理？书包给不给，是我的自由，这么点小事至于吗？我姐的钱是我姐的，跟我没关系，我没觉得要让她给我撑腰。”

“你可别假惺惺了，你哪次提你姐不是说给我们听的？说什么在北京上班，上班的人多了去了，都能挣她那么多钱吗？谁知道用了什么手段！反正我不信这世界上有哪个女的不靠男的就能挣钱！”

“我姐的钱是她凭自己本事赚来的，你没资格这么说她！”我的声音也提高了。

公公闻声赶来，问怎么回事。婆婆一秒开始大哭。“不得了了，陶然刚才骂我！你再不来，她就差动手打我了。我早就看出来她不是好人，不是什么省油的灯，你别看她以前细声细语的，都是装的！”

我公公哭笑不得：“能有多大的事儿，值得你闹这一出？再怎么说你也是长辈，比她大着好多岁呢，有什么事好好说呗，她脾气再不好，也不敢对你骂骂咧咧，我看她一直挺尊重你的……”

我婆婆不依不饶，公公只好问到底怎么回事，我刚要说，婆婆就打断我，继续大哭大闹。

“你别跟我在这儿演戏，你把你妈叫来，我要问问她，是不是平时就这么教你做人的！”

我一听这话，彻底怒了：“你别刚说完我姐，又牵扯我妈！”

我公公见状，呵斥她道：“这都哪儿跟哪儿啊，你差不多得了！”

“你怎么向着外人不向着我？这日子没法过了，我白跟了你这么多年啊……”婆婆说罢继续号啕大哭。

我盯着面前这个可怜又不自知的女人，默默地闭上了嘴，与这样的人争吵，毫无意义。

回家之后，我跟宝生把这件事说了一遍，在他的“孝顺经”里，替我出头是不可能了，但至少提前让他知道真相，总比婆婆见了他又扭曲事实强。

陶然，

这封信也让人太开心了吧！

你看，我一直跟你说，与这群人相处，你总能慢慢地找到一些方法去应对。我觉得你现在已经比刚结婚的时候进步了很多，懂得怎样据理力争，也知道如何在宝生面前保护自己。

不过，你不要因为一时同情就心软，你婆婆的人生已经注定是出悲剧，她沉浸其中毫不自知，只会把悲剧延续到孩子身上。你跟她不一样，要争取在未来的生活中不再受制于她，走出属于自己的人生。

看完你的信，我的心情太畅快了，立马在微信群中召集宿舍小伙伴们一起聚餐。你也知道，对于留学生来说，吃什么是每天最重大的问题。

以前在北京的时候，我从来没有这么认真地享受过早餐，但现在这已经成了开启每天的必经仪式，请听我慢慢道来。

美好的一天，从一杯咖啡开始。我喜欢烘焙味道不那么重的咖啡豆，自己研磨成粉，滤出的黑咖啡配合英国当地产的牛奶，做成拿铁很好喝。有闲情时，把牛奶打出丰富的奶泡，就能拥有一杯卡布奇诺。

主餐搭配自制三明治，全麦面包或贝果，放入烤面包机加热至一面微焦。若是面包片就搭配火腿和煎蛋，淋上厚厚的蜂蜜芥末酱；若是贝果则抹上最简单的酸奶油，就是它最正宗的风味。

周末清早可以去逛附近的集市，百年老店中陈列着数款西班牙风干火腿，永远提供给食客品尝，一片火腿搭配一小块帕玛森干酪，味道香浓，意犹未尽。不远处就是花店，不同颜色的大朵玫瑰成群结队闪耀着，只看一眼已是美丽享受。逛得差不多了，走进街边小店，点一份刚出炉的牛角包，搭配无花果、烤蔬菜，便是理想早餐。离开时请店员打包一份迷你法棍，第二天烤热它，配上新鲜的牛油果酱，又是全新一天……

伦敦爱下雨，所以当天气变得越来越暖，尤其是出了太阳的时候，那真是全城人民共同珍惜的时刻。假如哪天遇到一个漂亮的艳阳，我就会快速给自己准备好三明治和咖啡，背上帆布袋子出门坐30路公车，一定要坐在二楼，戴耳机听着*Five Hundred Miles*（《离家五百里》），跟着公车摇摇晃晃，到Marble Arch（大理石拱门）站下车，再慢慢散步到海德公园。

一走进公园，看到碧蓝的天空下大片的绿地，总有种想要大声欢呼的冲动，这种无人打扰的自由，简直是生活的礼物。我真希望有一天能带你和妙语来这里。

学校的生活我也逐渐适应了。一开始，我完全无法习惯老师们的英式发音。毕竟以前都是受美国电影和美剧口音熏陶，现在进入一个各式各样英腔的环境，常常觉得一节课下来，只听懂了三四成。这让我有点焦虑，好在很快就找到了应对的办法。在课堂上，趁老师提问题给大家讨论时，我会直白地说："老师，抱歉，您刚才的问题我没有听得太清楚，能麻烦您重复一遍吗？"这样一来，老师就会有意识地照顾国外的学生，把讲话的速度变慢，有些重点甚至会重复说两遍。我在课堂上的发言也逐渐多了起来。

我很喜欢学校的食堂，他们叫"refectory"。

上午的课程结束后，跟三两个同学一起去吃饭，有种重温大学时代的感觉。食堂里面的人通常会很多，有不同的食物摊位，一进门的地方卖各式各样的三明治和沙拉，再往里走就会看到汉堡和印度咖喱，我通常会整个转上一圈，再在脑海里盘算今天吃怎样的组合。如果哪天能碰上盛有热汤的大汤锅，就会格外开心，你知道老外都没有喝热水和热汤的习惯。

这里的汤都是西式的，不会像中式汤那么安慰味觉，但意式罗宋汤的味道还是非常不错的。摊位上没有配备汤碗，汤是用咖啡杯盛的，旁边有塑料勺，盛完之后盖上盖子，就可以准备排队了。热汤旁边有一个放热食的架子，前面的队伍慢慢移动，你还有时间在架子上面挑选主食。有很像肯德基鸡肉卷的各式卷，还有做成大大的饺子形状的包着肉馅的派。靠近结账台的地方，架子上会挂着一些小食，比如袋装的花生米、巧克力、饼干等等。外国人对于午餐总是对付对付就完事，我经常会看到买根香蕉就走的学生。相比之下，吃对于咱们中国人来说，一直就是大事。

说回今天，大家在群里七嘴八舌地讨论，终于定下了菜单，同时也分享了各自可以贡献的食材，其余需要补充的就一起去采购。

进超市的时候，门口的黑人保安看到我，问：Japanese（日本人）？我说：Chinese（中国人）。保安听了，马上用蹩脚的中文来了一句：逆号麻(你好吗)？我笑得花枝乱颤。其实要在平常，我也不至于为这件小事如此高兴，但今天不一样，你的信让我太开心了。朝保安大叔说了声谢谢，就迫不及待地奔向了货架，今天我请客。

晚上几位小伙伴齐心协力，做出了这样一桌菜：红烧排骨、西红柿炒蛋、榨菜炒肉丝，蒜蓉老虎虾、烤香肠、炸鸡排、紫菜蛋花汤、生滚牛肉粥配小油条，饭后甜点是银耳莲子红枣羹。

五个人围坐在一起，喝着自制的金汤力，筷子在每道菜的上方来回穿梭，吃得不亦乐乎。

你也知道我不擅长做饭，每次都有一种吃人家嘴短的感觉，所以我经常请客。加上我是几个人里面唯一有工作经验的，大家都想从我这里提前了解尚未接触过的职场，总是拽着我问东问西。

拉拉杂杂说了这么多，希望你看了不会觉得无趣又琐碎。

就像我在开头说的，很开心你正在一点点摸索，去学着掌握生活里的主动权，你一定要继续坚持，相信你可以做得更好。

还有一件事，我估计宝生和他的家人，可能会催你趁年轻再生一个，但我要提醒你，一定不要急着生二胎，毕竟你和他之间还不算特别稳定，他家里的问题也依然存在。一定要等自己掌握更多话语权，最好是能有更独立的经济条件，哪怕只是部分掌握你们自己家的财权之后，再考虑生二胎的事。

只有这样，万一将来你们的感情有变化，你在退出的时候才能不那么艰难。一旦有了两个孩子，想要离婚就更难了……我知道你不喜欢我说这些话，就当是忠言逆耳吧。

无论如何，下次再有今天信里这样的好事，记得一定要分享给我！

姐

2014年3月24日

[3]

小孩子长得就是快，转眼妙语已经一岁多了。姐姐一晃也在伦敦待了一年多。

她写来的信，详细描绘了她在异国的生活，那是她理想中的人生，也是她曾经希望我能过上的人生。我很开心她此刻可以尽情地享受其中，也让我触摸到另一种人生可能，所以我总是让她尽量多写，写得越详细越好。这样当我再回到现实里，把姐姐那边的都市剧一键调成陈氏家庭剧的时候，还能有种超然物外的错觉。

前阵子，宝平怀了二胎，找人把脉说是个儿子，她仿佛忘了当年的经历，又觉得自己成了家里的女王，对徐胜利开始吆五喝六起来。谁知徐胜利压根不吃这一套，借着一次吵架的机会，自己回了老家住，再次避开了照顾孕妇的责任。直到宝平进产房那天，他才被宝生揪到了医院。

宝平还真又生了个男孩，婆婆开心得难以抑制，一直跟我们说："你看看你姐，多会生啊，别人生几个都生不出儿子，她一怀一个准。”然后又转头去怂恿宝平，“你现在生了两个儿子，回了家别给他好脸色，得让他知道你的厉害。”

宝平听完越发觉得自己与众不同，很是飘飘然。

一天，宝平想打开徐胜利的手机查岗，发现他新换了密码，来回试了几次都解不开，气得一把抓破了徐胜利的脸。徐胜利早就受够了宝平在家里作威作福，顺势扇了她一巴掌。两人就这么扭打起来，最后谁也没占到便宜。

宝平左思右想咽不下这口气，直奔徐胜利的办公室，一进去就大哭大闹，声响惊动了徐胜利的领导。领导过来了解情况后，劝了宝平几句，又当着同事们的面批评了徐胜利。

一直以来，徐胜利最在乎的就是工作，这件事触碰了他的底线。他回家直接把离婚协议摔在了桌上：“离吧，什么条件我都答应你，孩子、房子都归你，我不要了。再跟你这种人过下去，我的前程都得让你作没了。”

宝平当时就傻眼了，她本来还想着用离婚要挟徐胜利更听话，没想到却被他先发制人，一时不知该如何是好。婆婆一直在她耳边强调的“只要你说两个儿子归你，他们全家都得给你跪下”，现在看来显然是黄粱一梦。

僵持了一段时间，宝平在各方面都收敛了很多，徐胜利也依然需要老丈人家的资助，离婚的事不了了之。

“陶然，你也赶紧再生一个啊。老话说不孝有三，无后为大。这老陈家的血脉，可不能在你这断了啊。等你也怀了儿子，我去伺候你，替你看孩子，到时候你爱干什么就干什么去。”这天回去吃饭，婆婆又开始老生常谈。

“妈，现在是妙语成长的关键时期，我们俩还不着急。”

“怎么能不着急呢？你知不知道，没有儿子的话，婚姻不稳！你妈当初不就是因为没生出儿子，你爸才跟她离婚的吗？你爸现在那个媳妇，要不是因为生了儿子，地位能这么稳固吗？”

换作以前，我可能会冒火，可是现在听到这种话，只觉得可笑。我淡淡地说道：“有了儿子婚姻也不一定稳固吧。”说完看了宝平一眼。

宝平装作没看到，继续捏着手上的饺子。

婆婆似乎没听出言外之意，继续唠叨：“宝生特别喜欢儿子，你不知道吗？现在不趁着年轻赶紧要二胎，再大了可就生不出来了……”

我把手里的筷子扔在一边，端起一箅子饺子，往灶台走去。“妈，这饺子再不煮就粘住了。”

以前宝生受婆婆影响，也觉得生儿子很重要，时不时会说出“咱生他三个五个的，我就不信没有儿子，又不是养不起”这种能把我气炸的话。回想月子里一个人带孩子的种种困难，婆婆和宝平娘俩时不时来添的各种堵，我可不想把那样的日子再过一遍。

最近随着妙语的长大，他越来越喜欢陪着女儿在家，也越来越体会到当父亲的责任。男人没有经历过怀胎十月的辛苦，没有体会过孩子与自己合二为一、朝夕相伴的甜蜜，所以对于身份的转变，总是比女人慢一些，我愿意再多给他一些时间去成长。

[4]

今天发生了一件很搞笑的事情，让我和宝平之间终于不用装客气了。

前几天我和宝生因为一些琐事闹别扭，宝生一气之下摔门就回婆婆家了，我也在气头上，本以为起码得僵持一阵子，结果昨天带妙语从我妈那回来，就看见宝生已经买了一堆水果在家里了。见我回来就跟没事人一样，问我们俩吃饭没有，一会儿要不要一起去公园。

后来我才知道，宝生回去以后，婆婆和宝平知道我们吵架了，都高兴得不得了，一个劲儿劝他千万别心软，一定要坚持住不回家，给我点颜色看看。宝平还一直追问结婚这几年宝生都给过我什么，如果离婚的话记得都要回来，别让我占了便宜。

宝生看着眼前滔滔不绝的两人，突然感到很陌生，那是他第一次看到妈妈和姐姐的另一面。在听了两天的车轱辘话之后，他终于忍不住跑回了自己家。

回来第二天，我俩把妙语送去我妈家，打算去办张转账方便的银行卡，再一起吃个饭看个电影，享受一下极为难得的二人世界。

车开到半路，宝生的车载蓝牙显示来电，是宝平。宝生平时接电话也不会避开我，就直接按了接听。

“弟啊，你今天傍晚还能帮我接小虎放学吗？”

“姐，我在外面办事呢，接不了。”

“干吗去？”

“去办张银行卡。”

“办卡？那我可要提醒你啊，我的老实弟弟，你可千万别办你媳妇的名字。”

“啊？”

“啊什么啊？说你傻还真是傻。你们俩还不知道能好到什么时候呢，她是外人，你大把的钱放她那，万一她动了歪心思……”

宝生听了这话，不好当着我的面挂断，也不好把蓝牙功放切换成自己听，只能支支吾吾地说：“哎呀，你就别管了。先不说了。”

“我怎么能不管？你忘了老谭家儿媳妇的事了吗？她使使手段就把他们家钱都抠在自己手里了，离了婚又买车又买房的。你可别天真了，你俩这才哪儿到哪儿，等将来打起来了，她带着钱走了，你可怎么办！”

“我要办就办我自己的名字，你就别操心了。”宝生没好气。

“不是说现在一个银行只能开一个户吗？你现在还能开吗？要不你就办我的名字，我肯定不会害你的，咱俩是亲姐弟，世界上没人比我对你更真心了。就是现在要我的命换你的命，我也一个磕巴都不打……”

宝生有点不好意思地看了我一眼，抬手准备挂电话，我拦住他，对着电话说：“姐，你放心吧，他今天真的是去办自己的卡，肯定不会用我的名字。”

空气中一阵尴尬的沉默，过了一会儿，是手机挂断的声音。

我在车里放声大笑。一开始宝生也跟着我笑，但是看我笑了那么久，都笑出了眼泪，他脸上的表情从羞赧变成了担忧。“哎呀，行了行了，哪那么好笑啊，你瞅瞅你……”

我不会告诉他，能如此正面拆穿他姐，感觉真是太好了。自从嫁进这个家里，我都是在隐忍中度过，小时候的反骨已经被磨得荡然无存。明知道家里这两位女性对我从无善意，也要跟她们保持基本的礼貌，今天，我终于可以借此机会当着宝生的面撕开她的假面。即使今后还是抬头不见低头见，但至少我可以不用每时每刻都藏起所有情绪了。

不知道是怎样的缘分，让我跟这样一个家庭绑定在了一起，但是姐姐说得对，即使这样，也远远不是世界末日。她早就已经跟我讲了最重要的话：“外界的情况短时间内无法改变，你只能让自己的心变强大，一味地怨天尤人毫无意义。”

最近妙语已经开始学着说“爸爸”“妈妈”，她学会说的第三个词就是“大姨”，这可把姐姐高兴坏了。看着妙语可爱的笑脸，我跟自己说，为了孩子，我一定要变得更加强大，要尽我所能，好好保护她，鼓励她，爱她。

姐，

距离你回国的时间越来越近了，妙语现在每次见我给你打电话，看到你的微信头像，就会叫“大姨”，哈哈，她也盼着你回来呢！

最近她的学习能力跟开了挂一样，现在已经可以自己拿着小勺小碗独立吃饭了，根本不用追着喂。《三字经》和《咏鹅》，我说上半句她就能对出下半句，还会跟着动画片学唱歌。上次我给你微信发的那段，是她看了几遍就学会了的。我给她讲的那些睡前故事，她听个几遍，就能自己跟着讲……反正我是下定决心，一定要好好教她。幸亏她也特别爱学，妈说她就像你小时候一样。

前阵子，我婆婆生了场病，什么也吃不下，还恶心想吐，胃疼连带着后背疼。去县医院检查，说是胆结石。县医院给的建议是摘除胆囊，她一听就很紧张，开始哭。我安慰她说没事，不是什么大问题，我带她再多去几个地方看看。她却说因为我是儿媳妇，心里不着急，才会说没事。

我没理她说的这些闲话，还是开车带她去找了一个很有经验的中医，又去市医院挂了专家号，最后综合结论是不用摘除胆囊，只需要做一个微创手术，把结石取出来就可以了。她做手术那天，是我和宝生陪着去的。

术后住院，宝生陪床不方便，宝平说自己得看孩子没空来，我就主动承担了照顾她的任务。最近这半年，宝生接手了新厂，里里外外都是自己打理，在外面接触的人多了，整个人也更成熟了。他看到我对婆婆尽心尽力，不再像以前那样动不动就把挑拨的话听进心里，回到家跟我找碴儿。

前段时间，新厂急需一笔钱，恰好公婆那压了一批货没有资金，宝生急得不行，考虑了半天决定问宝平，看能否借她的嫁妆钱周转一下。宝平听了，说自己把钱存了定期，取出来利息就没了，以此表示拒绝。看宝生着急的样子，我拿出房产证，去银行抵押了贷款给他。

看到那笔钱到账的时候，他很错愕，也很感动，跟我说一定第一时间还回来。这不，昨天他兴冲冲地给我一张卡，让我赶紧把贷款还了，剩下的几万块就当给我的利息。

我婆婆和大姑姐对宝生有个口头禅——你姐才是你最亲近的人。我婆婆总说，以后没有我们了，你还有哪个亲人啊，不就只剩你姐吗？宝平就会马上说，对，这世界上，我就只对我兄弟是真心的，媳妇什么的，大难临头就各自飞了。反正你要是被绑架了，我肯定第一时间用我自己把你换出来。

以前宝生每次听完，都感动得一塌糊涂，好像我和妙语都成了不相干的外人，只有他姐是他的亲人。不过现在再听到那两位这么说，宝生马上就会制止，“你们别诅咒我了，我不会被绑架的”，哈哈。

我想起以前爸爸总跟我说，“最重要的是先把自己的感情经营好，只要你们夫妻一心，其他的琐事都不会成为大问题。对宝生好，就是对你自己好”。现在看来确实有道理，无论如何先把自己的家庭稳固住，对我们自己和孩子都好。

期待着你回国，赶紧回家来看我们！回来之前，一定要随时跟我分享你的旅行生活呀！

陶然

2015 年 8 月 23 日

陶然，

妙语的各种照片和视频，是我随时开启好心情的开关，尤其听到她奶声奶气地讲故事：“天黑了，点灯了，灯把黑黑的屋子照亮了。窗外，月亮婆婆拄着云做的拐杖，慢慢地，慢慢地爬到了天上……”

哎呀，简直心都要跟着融化了！

关于欧洲的旅行，只要你喜欢看，我就随时写一写。给你回信的此刻，我正在挪威的奥斯陆。今天上午先去了蒙克博物馆，抵达的时候，被告知正举办音乐会，无法开放正常参观。旅行中这类遗憾常有，没什么关系，临时决定改去维格朗雕塑公园，正好在不远处搭公车就可以到。

等车时，我远远看到一个中年女人，很高很胖，正气喘吁吁地追车。可惜车没等她。她有点尴尬地走来公车亭，坐在我旁边。聊几句之后，知道她叫 Melisa，是从美国来的挪威。她有点腼腆地问：“请问你是一个人出来旅行吗？今天下午我可以跟你一起吗？”我说当然可以。

下午我们一起去了雕塑公园、市政厅、易卜生博物馆。她在拍照的时候，手一直发抖，看起来身体状况不太好，我没有多问。走累了，在树下的长椅休息，远处的风缓缓吹来，她跟我说起自己的生活。

“现在我住在三藩市，以前住圣地亚哥。当初刚搬到三藩市的时候，我很不适应那里的天气，以为这辈子都暖和不起来了，但其实现在已经习惯了。

“这次是我跟弟弟一起出来旅行，我丈夫在家里，他不喜欢旅行。我在这里再待几天也要走了，因为我很想念他。

“我前夫就很喜欢旅行，我们在一起十八年。当初我俩有一辆车，总是一起开出去，我们曾经一起横跨美国十八次，每次去不同的方向。很多年前，我前夫说要送我一个礼物，一辆可以旅行的房车，后来他真的送给了我。可惜现在我们已经不在一起了……

“我现在的丈夫真的是一个 sweet heart（甜心），但是他不喜欢旅行。”

寥寥几句话，就把自己的人生说完了，原来我们的人生可以这样去概括。

跟她告别的时候，她坚持要把美国的地址留给我，说如果将来有天我去那里，一定要联络她，她可以带我到处玩。我拿出随身带的小本子，看她用颤抖的手一笔一画认真写下地址和电话。

挥手再见时她说："你知道吗？我一直在想，如果我要收养一个孩子的话，一定要收养一个中国女孩。"

就这样，两个陌生人之间的界限，被礼貌地打开，又在分寸之间合上。也许我们此生都不会再见面了。这一小段交集，也不会幻化成多么离奇复杂的故事，但旅途中这样的经历本身就很美好了，对吧。

真想带着你和妙语一起看世界啊，等我回国，妙语长大一些了，我们先带她去迪士尼乐园玩吧！

p.s. 前阵子廖野来伦敦工作，约我一起吃饭，我们也很久没见了，这次他又一次跟我提出工作上的邀请。在外面流浪了两年，确实要考虑回国后的安排了，且让我好好琢磨琢磨再说。

他团队的人还带来了让我心情很好的八卦，以前在公司里合起伙来整我的那俩人，一个叫杨健，一个叫施唐，还记得吗？在我离开之后不久，她们俩先是内讧，施唐被迫辞职，后来杨健被公司发现贪污，直接给辞退了。哈哈。

姐

2015年8月24日

姐，

明天就是你们的毕业典礼了吧？

除了微信上随时直播之外，一定要给我详细介绍介绍英国的毕业典礼什么样哦！

等你的信。

陶然

2015年8月27日

陶然，

今天就是正日子啦！

这边一家华人媒体的朋友周老师，自告奋勇要帮我做一整天的摄影师，记录所有值得记下的时刻。今天跟他约在了 Regent Street（摄政街）的地铁站碰面，我俩在站前的三明治店吃了简单的午餐，一个瑞典肉丸卷、一个小香蕉蛋糕，配热拿铁，都是最日常的东西，但我想将来回到北京之后，会想念的也许正是这些日常吧。

在来这边的地铁上，我把学校的毕业典礼通知信仔细读了一遍，记下了一些注意事项，以及一些值得买的纪念品。典礼并不在学校里面举行，它的准备区域在 Senate House（议事大楼），进去之后就看到熟悉的身影——去年开学时围着紫色丝带的志愿者们，正指引大家到二楼领取硕士服。

那里有一个老先生按照每个人的名字递衣服，旁边再有一位女士帮大家整理衣服和戴帽子。这个过程还是有点神圣的。轮到我的时候，那位女士笑笑，给我拿了最小号的帽子，衣服有点大，她拿了两个别针，帮我把袍子和里面的衣服别了起来。

下一步是领取入场票，一个大信封里装着票和有学校logo的橙色手环，客人和学生的位置不在同一区域，等入场之后，只能靠周老师远程拍照了。

学校还提供那种正式毕业照的拍摄，我们看很多美国电影里，家中都会很郑重地挂着孩子的毕业照，实木的相框，打着校名的logo，显得非常有意义。我很早就决定要拍一张。

负责拍照的是一位阿姨，她先帮我把衣服整理好，再把一个证书模样的东西，系在硕士服前面的扣子上面，教我用特定的手势握着，这个姿势她认真帮我摆了半天。拍完之后，阿姨看到我旁边的周老师，问："你们要不要一起拍一张？"我说，当然好啊，就叫周老师过来一起拍了一张。

阿姨问，这位是你的partner（伴侣）还是brother（兄弟），我愣了一下，马上说是brother。如果不是听到这个问题，我也不会去想，原来在人生这样重要的时刻，陪在毕业生身边的，通常应该是他们的家人或伴侣，而此刻我身边并没有这样的人……

典礼开始，主持人开场。开头先有小乐队奏乐三首，接着是放一段视频，里面有很多往届优秀校友，有奥运冠军，有影视明星，有诺贝尔奖得主。视频中间有一句字卡——From today, you all become UCL alumni（从今天起，你们全都是 UCL 的校友了），看到有点感动。

接着是校长致辞，反复强调说不要太严肃，可以多发出一些噪音。正式典礼环节，台上来了一排老师。从第一个院系的毕业生开始，大家排队站在侧面，一个个上去，把自己的名牌递给舞台这头的系主任，然后走到舞台中间跟校长握手，校长会简单跟你说两句话，然后你走下去，从后排绕回座位。

事先跟周老师说好了帮我拍台上握手的照片。轮到我的时候，校长说："祝贺你毕业啊。"我说谢谢。就是这么简单的对话，在台上那一刻还是很激动。

坐回位置，心里轻松了很多，等所有学生都完成了台上环节，是老师代表的总结讲话，他说："刚才大家已经看到了一句话——Understanding the past, challenging the present, shaping the future（理解过去，挑战现在，塑造未来），希望大家将来不要害怕挫折和失败，因为只有失败才会让你走向更好的自己……”

接下来，我们被请到旁边的帐篷，那里完全是另外一番天地。爵士乐队开始奏乐，台上帅气的男主唱放开歌喉，琳琅满目的香槟、葡萄酒、果汁，一堆堆的小点心都已经准备好了。我拿出拍立得相机，跟同学们一起拍合照，再一张张送给大家做纪念。我忘了自己喝了多少杯香槟，跟大家说了多少次“我会想念你们的”……

回到学校，那些走过无数次的地方、总是出现在好莱坞大片中的学校主楼、有着高大穹顶和宏美壁画的图书馆、经常上课的几间教室、可以打印论文的咖啡厅、广场上的草坪和旁边的小餐车、铭刻着教授名字的长椅、有着漂亮梧桐树的长路……我跟它们一一合照。

我亲爱的陶然，你姐后天就要飞回北京啦，到时候第一时间回家去看你和妙语。

姐

2015年8月28日

姐，

英国的毕业典礼也太洋气了吧，看完感觉很羡慕。

别因为那个阿姨的话伤感，你回了北京说不定就遇到一个好对象呢！

对了，前段时间，有个开网店的朋友找到我，想让我帮忙设计一下店铺页面。我们从初中开始关系就很好，一直没断了联系，加上妙语很听话，我可以挤出一些时间，就答应了。

抽空做了两天，没想到给她看的时候，她惊呼比之前找其他设计师弄得都好，说别人又贵又慢，成品质感还很差。

她的话提醒了我，一毕业就结婚，后来一心扑在照顾孩子上，除了大学暑假曾在一个动画公司实习过，我好像还没真正地工作过，也不知道自己的水平到底怎么样。

现在这情况，放下妙语去上班是不可能的，但在家里接一些设计的小活儿倒是不难。正好朋友也有一些相熟的同行，在她的推荐下，我这个小作坊时不时会开张营业。虽然家里不缺我这点收入，但通过工作认识到自己的价值，是一件让我快乐的事，这也是以前你总跟我说的话。

话说，宝生最近像变了一个人，他以前受婆婆“熏陶”，觉得自己负责挣钱养家，我负责家里的事，挺公平；加上从小娇生惯养的，什么活都没干过，从来不会帮我做家务，照顾孩子。但是最近吃完饭之后，他会主动洗碗，等我给妙语洗完澡，他会带妙语去楼下玩，让我在家休息，临睡还会给她读故事书。而且，他现在定期还会给我一笔钱，让我存起来以备不时之需。

幸福来得太快，我简直都不敢相信这是真的，哈哈！

陶然

2015 年 8 月 28 日

陶然，

宝生的进步，我为你开心，但还是要嘱咐那句话，不管怎么样，都不要急着生二胎，先好好陪伴妙语长大，她太小了，别让她太早被另一个小朋友分走属于她的爱。

你开始琢磨一些能做的工作，我非常高兴。如你所说，你家的条件，不需要你去赚钱，但是自己赚钱自己花的感觉还是很爽的，你一定要坚持下去。正好宝生开始定期给你钱了，如果有可能的话，你可以给自己存一笔“基金”。等妙语上了小学，你可以用这笔钱作为启动资金，安排一下未来的事业。毕竟当一辈子的家庭主妇多无聊啊。现在，你跟宝生感情越来越好，我很欣慰。开心的时刻要享受，但也不要因为一时开心就放低对生活的要求，假如将来遇到了让你无法忍受的事，记住你还有我呢，大不了就离婚带着妙语来找我，我能把你们照顾好。

姐

2015年8月29日

姐，

你在信中又一次提到离婚，我懂你是为我好。

可是我却没办法轻易提到这个词，也不想面对这个词。

你还记得家里那个黄铜架子的床吗？靠背那边有景泰蓝装饰的那个。

不知道你留意过没有，结婚之后，我把这个床从妈妈那边搬到了我自己家里。一方面是因为当时装修的钱紧，能省一点是一点；另外一方面，也是因为这个床是我很想保留的。

这是属于我们那个四口之家的仅剩的一点东西了。

就在刚刚，我发现它的主架折断了。这张床一直在我家里的次卧放着，平时没人睡，宝生有时候打游戏累了，会在上面躺一躺。对我来说，它更多的意义是一个纪念物。可是现在这个纪念物，也坏掉了……

我依然不想把它扔掉，想找人来修修它，看能不能再继续保存下去。

有时候我在想，咱们四个人里面，是不是就我最不洒脱？你们三个人，都是东西坏了就扔掉，感情坏了就离开，你们都比我勇敢。就像当初，你们都各奔东西了，只有我还留在原地。

这么多年来，我经常会想起当初导致爸妈离婚的那个晚上。

那天他们在客厅里大吵，我在屋里睡觉，被吵醒后我叫妈妈进屋，她哄了哄我，我又迷迷糊糊睡着，隔一会儿又被吵醒。

之后的很多年，我都怪自己，为什么被吵醒之后不出去看看到底发生了什么，为什么当时就只想睡觉。可是长大后的我明白，出去也改变不了什么。

我早上起来发现你也从学校回了家，之后我们一家四口去了市里逛商场，还破天荒地给我买了要求很久的文曲星。你还非要拽着我拍大头贴。之后就把我留在了市里的表姐家，说让我玩几天，然后安排我去市里上学。一切都很反常，可我沉浸在得到新礼物的高兴中，什么都没察觉到。

后来我就进入市里的小学，跟表姐一起生活了几个礼拜，又被接回家里。那时家里已经彻底变了样，客厅都是垃圾，房间里的家具也缺了不少，只有爸爸在家，妈妈不知道在哪儿。又过了几天，妈妈来接我，去了她的新家，一个老旧的二手单元房。她哭着告诉我，他们俩离婚了。

我内心并没有什么晴天霹雳的感觉，只是在读过的故事书、看过的电视剧里听过“离婚”这个词。当时的我，不知道自己为什么哭，但看到妈妈掉眼泪，也不由自主跟着掉眼泪。

慢慢地，我理解了离婚的概念。

爸爸妈妈不再见面，每天上学，爸爸会在妈妈家楼下等我，如果我下去得慢，他会打电话上来，只响两声就挂断。放学后送我到楼下，自己再回去。我开始了爸爸家住几天，妈妈家住几天的生活。

学习成绩直线下降，老师竟然没有像往常一样批评我，而是对我说，“我听说了你家里的事，你不要难过，功课慢慢赶，会赶上的”。亲戚来家里，不是跟妈妈哭她不应该离婚，就是问我喜欢跟着爸爸还是妈妈。似乎这是一件天大的事，我应该被影响，我应该发生变化。

后来，他们两个像商量好一样各自成了家，我内心的叛逆马上跑了出来，说好的会爱我、对我好呢？为什么要成立新的家庭？我看到妈妈家门口和屋里贴的喜字，生气地把它们都撕了下来。我发现了爸爸抽屉里准备给新生儿的礼物，也号啕大哭着给你打电话。可这都不能改变任何事。

刚开始的我，好像是双方的间谍一样，每次我从一方的家里回来，另一方都会向我打听对方的情况，还嘱咐我不要透露自己的情况。如果我在一方家里多住了几天，另一方就会说我喜新厌旧、贪图享乐、忘恩负义。这些以前他们不可能拿来说我们的词语，在这个阶段集中攻击到我身上。

他俩还会比较着对我好，一个给我买这个，另一个就给我准备那个。为了方便联系，妈给我买了一个手机，爸爸知道后训了我一顿，说我是一个物质的人，让我还回去。我就还回去了。我害怕被任何一方指责。

上了初中，我受不了同学之间微妙的变化，不知道如何和别人相处，每天都想回家，可跟爸爸商量了很多次，他就是不同意，坚持让我寄宿。我每天临睡觉都缩在被窝里偷偷地哭，实在受不了就会打电话让爸爸接我回家。可是第二天，我还是要回来独自面对。

第一次来例假，我特别慌乱，是同宿舍的同学借给我一片卫生巾，告诉我怎么用。身体发育了，也是舍友提醒我该去买内衣了。我问她去哪儿买，她说“我也不知道，都是我妈给我准备的”。那一幕我至今都记得，我特别羡慕，也特别失落。

某一天回家，爸爸家里多了一个小孩，我在一点心理准备都没有的情况下，当了姐姐。我从被让着的人，变成了要让别人的人……

幸好，苦闷的生活里，我发现了第一个乐趣，就是看漫画。每周的生活费省着用，攒下的钱全都买了漫画，周末我就把自己关在屋里，一遍一遍地看。我从不和别人约着一起出去玩，也没几个朋友。只有待在自己的空间里看漫画，才让我觉得快乐。

那些年我真的挺累的。你每次回家都是假期那么短的时间，可我每天跟他们待在一起，不想让任何一方感到不高兴，总是需要隐藏自己的情绪，还要在有两个新成员的家庭里生存，看着他们两面的表演。这样的生活里，有很多你不经历就无从想象的细节。

我看到爸爸家里有小面包，觉得好吃，多吃了几个，张曼就会制止我，说那是弟弟爱吃所以跑了很远给他买的，让我别吃了。这样的话，如果是爸妈或者你说，我也许不会那么受伤，但当时的我，心里真的很难过。

你当年上中学的时候，爸妈完全没考虑让你寄宿，为的是让你每天都能回家，不要过早地开始集体生活。他们怕你不习惯，怕你想家，怕你吃不好睡不好，可是到了我上中学的时候，这个标准却变了。

唉，我写着写着就不想写了，你知道吗？你拥有父母完整的爱直到成年，而我的幸福从十岁的那个夜晚开始，就破碎了……

我一直想跟爸爸妈妈说：你们根本没有你们说的那么爱我，你们应该庆幸后来的我长成了一个正常人，没变成一个垃圾。

在学校里我很自卑，感觉自己保守着很多秘密，不敢跟同学解释为什么一星期里爸爸看我一次，妈妈看我一次，不敢提跟妈妈一起的男人是谁，跟爸爸在一起的女人是谁……

我总是感觉有很多视线集中在我的身上，后背像是被灼烧一样疼痛。

我很想退学，每天醒来都是煎熬，根本无心学习。有段时间我皮肤过敏，班里有几个讨厌鬼带头欺负我，有时候故意过来碰我一下，然后立刻弹开，假装很恶心的样子，说自己被传染了病毒。班里大部分同学选择跟随或观望，心眼好一点的，即使不参与欺负我，也不敢跟我说话。

后来好不容易交到一个朋友，那时我曾经暗恋班里一个会打篮球的男孩，就跟朋友讲了，结果没多久朋友就告诉了班里的讨厌鬼，之后大家就拿这件事嘲笑我。

如果我告诉你，自从他们离婚之后，我在学校连自己去厕所都不敢，你可能不信。没有人陪我，我从来不自己在食堂吃饭，不饿就不吃，实在饿了就把饭买回宿舍吃，因为宿舍肯定有人。我每天都被强烈的孤独感包围，但比起在学校，我更害怕假期到来时面对家人。

那时我特别羡慕你，你已经长大离开了家，你没有见过父母那两张写满怨愤的脸。我完全懂你为什么那么想逃离这里，我何尝不想像你一样离开，但我还是个孩子，只能留在家里。

如果你不是已经上大学了，如果你还在读高中，如果你还留在我身边，不管是去哪一边，你都能陪我一起，哪怕这样的时间只有一年，也许我的日子会好过很多，不至于觉得自己像个皮球一样被踢来踢去，也不至于在后来遇到宝生的时候，觉得像是抱住了汪洋大海中的一块浮木。

有时候咱俩吵架，我跟你说你根本不懂我的心情，你确实不懂。就像我也不懂你为什么能做到那么坚强，那么豁达，那么无所谓。

即使是在自己的亲生父母家里，我也总有一种寄人篱下的感觉，不知道哪里才是真正属于我的家。

这就是一个成年人和一个未成年人，在面对父母离婚时的区别。你们三个大人都勇敢洒脱地离开了，只剩下我自己面对支离破碎的生活。

上了高中，换了环境，我终于交到几个朋友。宝生也是那时候出现的。

那些以前莫名其妙欺负我的同学，是他帮我教训的。我不想一个人去食堂的时候，是他每天帮我带饭。我一直记得一个画面，那天我的鞋带散了，他看到之后，二话不说就蹲下来帮我系上了。只是一个很小的动作，却让我觉得，自己很久没有被人这样关心过了。

你知道宝生真正打动我的是什么吗？根本不是什么“我爱你”之类的话，而是有一次我们一起吃饭，他突然认真地看着我说：“我想请你吃一辈子的饭。”

还有一次，他给我发信息，说他那天去了一个叔叔家，两层小楼带着一个不大的院子，院子里种了一些花草，整个小院干净又温馨，他第一时间想到了我，想到如果我们以后也拥有这样一个家，该多好。

我当时真的觉得特别感动，他描绘出了我想要的生活。

我当然知道他有很多缺点，可他在我最黑暗的时候给了我一束光，这束光救了我。你能明白吗？

大学毕业那年，我曾经因为他家里的原因跟他分手过一段时间，但是分开之后的每一分钟我都承受不了。我印象特别深，分手之后，你让我去北京，刚开始你能陪着我的时候还好些，后来你因为工作出差了，不方便带着我，我一个人在你家里，你给我留下你的电影卡和一些钱，让我想去哪就去哪，想买什么买什么，可我站在北京车来车往的大街上，根本不知道自己想做什么，想去哪里。

天一黑，孤独感瞬间就包围了我，我仿佛回到了初中时蜷缩在宿舍被子里的时候。这种感觉让我窒息，我根本睡不着，躲在你的餐桌底下痛哭，忍不住给宝生打电话。

这也是我最终无法离开他的原因，我太害怕那种孤独了，心里没有寄托。如果当时有一个人可以陪着我度过，我也许可以坚持过来，但是我也清楚，要人二十四小时陪着我是不现实的，所以后来我回了家，去他家的楼下等他，跟他复合了……

今天忽然一下子写了这么多，希望你看了不要觉得我只是在抱怨。我早就决定不管怎么样，都不去计较从前。人生没有回头路可走。

现在我自己长大了，结婚了，有孩子了，也懂了大人世界里的很多无奈。我会宽慰自己，活在这个世界上，谁又是容易的呢？爸、妈都是从贫困的家庭走出来，走到如今这样的位置，也许在别人眼里算不上多么成功，但他们是靠自己的力量爬到今天，供我们俩衣食无忧地读完了大学，这中间不知道经历了多少辛苦。他们都是不服输的人，也许有过自私、逃避的时候，但我觉得他们还是很了不起的。把他们当作平凡的有缺点的人看待，我心里就会舒服很多。

到了人生这个阶段，我只是希望，尽自己最大的努力，给我自己的孩子一个完整的家庭，不让她或者未来的他们，经历我所经历的那些。

我知道，爸妈分开对你也有很深的影响，你从那时候开始就不再相信爱情，甚至开始瞧不起走进婚姻、陷入感情里的人们，你只崇尚独立。可是姐，你不能因为自己选了一种生活，就只去赞颂这一种生活，也不要因为我没听你的，选了另一种生活，就批判我的这一种生活。我们需要感情，并不代表我们没出息；渴望维护家庭，也不是一件可耻的事。

至于我和宝生，我想起那天你推荐给我的一部韩国电影《恋爱的温度》，里面有一段台词，我觉得就像在说我自己：“我们的恋爱，既不甜蜜也不美，也没有很多浪漫惊喜，只是单调平凡，没什么特别的普通恋爱，但是我们两个都付出了真心，真心相爱，也许是我人生中不会再发生的，最像电影一样的事。”

所以，在我觉得自己坚持不下去之前，我也只能先这样坚持下去。

而你，姐，总有一天，你会遇到那个让你真正变柔软的人。

陶然

2015 年 8 月 29 日

[5]

收到妹妹这封信的时候，我正在伦敦希思罗机场，准备离开这座城市。

这封信里的四千多个字，就像四千多根锋利的刺，每一根都精准地扎在了我心上。有那么几个瞬间，我觉得无法呼吸，感到脸上有温热的东西在流淌。在回京的飞机上，我像是想要逃避这一切一般，很快睡着了。

在梦里，我回到了小时候住过的那座乡村中学。

那时候，教师宿舍就是我们的家，总共有三个房间，里屋是卧室，外屋当客厅，还有一间独立厨房，出门就是宽敞的院子。

院子里有好多大槐树，到了槐花飘香的季节，院子里的香味沁人心脾。树上挂着爸爸给我亲手制作的秋千。课间休息的时候，那些跟爸、妈很熟悉的学生们，会过来推着我荡秋千，也会像进自己家门一样，推开厨房就去舀水喝。

放学后，爸爸用纸和木柴引好煤火，妈妈就在煤炉上做些吃的。她的厨艺并不好，馒头蒸出来总是硬的，饼经常烙煳，就连夏天包粽子也能煮成半生半熟……但这并不影响这个小家庭的气氛，那时候父母经常打打闹闹，妈妈笑得上气不接下气地喊：“陶姜快来救我……”这时候我就会跑过去，很严肃地往爸爸后背打上几下。

在梦里，我看到爸爸带着五六岁的我，在田野里抓蜻蜓、蝴蝶，在散步回家的路上讲故事。冬天疯玩回家后，他会打开自己的袖口，让我把冰凉的小手伸进去取暖。放学回家后，他会帮我按摩写字磨肿的手指。在没有自动铅笔的时候，每次考试前削一把整齐的铅笔，摆满我的铅笔盒。每次出差回来都会带童话书、新衣服、村里买不到的零食，让我成为周围小伙伴里最被羡慕的那一个。

我看到那个年轻的父亲向我走来，露出和煦的笑容，眼神里带着爱意。他说：“你的表情，跟你妈一模一样……”

我转头看向镜子，朝镜子里的自己笑了笑，试着发现脸上跟妈妈一样的痕迹。

再转过头来，面前的父亲似乎老了一些，两条曾被母亲戏称为“车道沟”的法令纹变得更深了。

正觉错愕之时，只见父亲眼里的爱意逐渐熄灭，转而变成一种漠然的厌弃，盯着我说：“你的表情，跟你妈一模一样……”

原来同样的一句话，能代表截然不同的含义，可以那么深情，也可以那么冰冷。即使在梦里，我都清楚地知道，以前属于这个家的美好时光，再也不会回来了。

我的心一阵揪紧，梦醒了。

[6]

彻底改变这个家的那件事，发生在我十八岁的一个晚上。那年我读大二。

半夜，我已经躺上床准备休息，忽然被爸爸的一通电话急召回家。来接我的叔叔是爸爸的好友，平时跟我很熟悉，这次回家的路上，却一句话都没跟我说。从爸爸在电话里的语气，我就已经预感到出了大事，叔叔一路上的沉默更加验证了这一点。

以往要开上将近一小时的路程，那天四十多分钟就到了。车窗外漆黑的夜，让我的心情更加沉重。

推开家里的门，室内鸦雀无声。父亲和母亲在两个不同的房间，陶然已经睡着了。

我推门进到爸爸的书房，问怎么了，声音因为恐惧而显得嘶哑。

我已经想不起当时爸爸说了什么内容，只记得第二天，自己在小姨的陪伴下去了镇政府询问离婚的流程，回来之后，开始跟爸、妈讨论商定离婚协议。

我主导了家庭财产的分配，面对着两个情绪处在崩溃边缘、强撑镇定的大人，我说出了自己的意见："你们分开之后，家里的存款归爸爸，我妈一个人不容易，希望这个房子能留给我妈。你们同意的话，我们就这么决定……"

之后，我一笔一画亲手写下三份离婚协议，让爸爸、妈妈和见证人小姨按上了手印，分别由我和爸、妈保存。

那之后的日子，被岁月撕扯得只剩下一些残破的碎片。

父亲搬出了家里，去外面租了一个房子，这在县城是很少见的事情，小地方的每个家庭不管经济条件如何，至少都有自己的房子。况且父亲在当地也算有头有脸，这样的境况无疑是非常艰难的。

他每周都要给我打一次电话，每一次的开头都很冷静，说到中间就忍不住开始哭。哭的原因和反复诉说的内容，有对与母亲当年时光的回忆，有对当下纷乱生活的伤感，有对我和妹妹未来的担忧……

"我今天回到家，家里乱七八糟的，你妈把大大小小的东西都搬走了，连毛巾都拿走了……"接着是抽泣声。

面对这样一个脆弱的父亲，我无法说出"早知今日，何必当初"这样的话，只能静静地听着，陪着他一起哭。

母亲不经常联系我，但在偶尔的沟通中，能感受到显而易见的哀伤，在被她用力隐忍着。

十岁的陶然会在电话里不断地问："姐，你什么时候回来呀？"我只能一次又一次地安抚："上完这周的课就回去，你等着我。"

我还收到过家里亲戚打来的电话，上来就是劈头盖脸的责备："人家的孩子，都是盼着父母好，哪有你这种盼着父母离婚的？"我被激怒，对着电话嘶吼："你们根本就不知道我们家发生了什么，你们不要来管我们家的事！"

室友们目睹着这一切，觉得说什么都不合适，只能过来拍拍我的肩膀。

[7]

对于父母离婚，我有心理准备。

大一那年的暑假，是有史以来最难熬的一个假期。

以前的假期，我在陶然面前威严依旧，但不再像小时候那样欺负她，陶然也比小时候懂事很多。我俩之间的主要矛盾，只剩下我喜欢家里干干净净的，所以每天扫地、拖地、收拾屋子，但陶然总是邋里邋遢的，不经意间就把我收拾好的房间弄脏弄乱。

不过，在我家最后那个团圆的暑假，家里的卫生早已不再是什么问题，因为更大的问题出现了。

爸爸妈妈不仅不再睡同一个卧室，而且已经不再跟对方说话了。

家里的气氛凝重得就像可以用刀切开一般。每天妈妈把饭做好，带着我俩吃完，离开餐桌，爸爸才会从书房出来，自己去吃剩下的食物。一天下来，假如我和陶然不吵架的话，家里几乎完全没有声音。偶尔父母会同时出现在一个空间，房间中的空气马上就变得冰冷。平时习惯闹腾的陶然好像也懂得察言观色，变得安静。有很多个瞬间，我都想离家出走。我从来没有像这个时期那样，希望自己快点长大，快点一走了之。

这天下午，爸爸照常把自己关在书房里。我跟妈妈坐在沙发上看电视，MTV台正在播放着最新的流行歌曲，任贤齐唱着：“离开真的残酷吗，或者温柔才是可耻的……”

“妈，”我小心翼翼地开口了，“你跟我爸爸是闹了过不去的别扭吗？”

妈妈没说话，眼睛继续盯着电视机。

“我经常听有的家长说，要不是为了孩子，我早就如何如何了。如果你跟我爸爸出现了很严重的问题，你不用为了我做违心的决定。你想怎么样我都支持你。”

“我跟你爸爸确实过不下去了。”

“那你们就离婚吧。”

说完的当下，我松了一口气。这句话是忍了很久的时间终于说出口的。而这脱口而出的话语，顷刻之间就演变成了一种决心。

妈妈看了我一眼，没说什么，眼睛转回电视机，看着任贤齐继续唱着：“一生一世如梦初醒，深深太平洋底深深伤心……”

我看到她的眼泪决堤般涌出。

这个曾经美好的家庭是从哪一天开始崩坏的？

指针回拨到那天，那个原本应该很平常的下午。

我从卧室出来，想去洗手间。经过父亲的书房时，透过虚掩着的门，看到了令我震惊的一幕——父亲正在亲吻张曼阿姨的脸颊。她是爸妈学校的同事……

我心中一阵翻搅，脚像是不受支配一样，直接走过去推开门：“你们在干什么？”

父亲和张曼都慌乱地各退一步。我们三个人愣在当场。

不知道过了多久，等再反应过来的时候，我已经坐在了客厅的沙发上，父亲坐在旁边，嘴一动一动的，应该是在跟我说话。

多年以后，当我再回想起这一幕的时候，已经完全不记得当时父亲说了些什么。那些支支吾吾的解释，我几乎是在当下就忘掉了。

我也忘了当时是如何强迫自己，在脑海中抹掉那一幕画面，假装什么都没发生。

在那之后，我成为怀抱着秘密生活的人。那秘密本身，在大脑里被我删除过无数遍。

那年我十四岁。

妹妹在她的信中说，我比她洒脱，东西坏了就扔掉，感情坏了就离开。我只能苦笑。

那时我有一个很喜欢的条绒背包，白色底，粉色兜，是我的百宝囊。里面放着我攒的各种零碎东西。用坏了的自动笔、生锈了的转笔刀、好看但是不好用的卡通橡皮，都是爸爸买给我的，里面还有他写下的“一鸣惊人”的纸条、他悄悄帮我写作业的练字本……林林总总，每一样都舍不得扔，每一件都有着不可替代的记忆。那个背包鼓鼓囊囊的，跟带锁的日记本一起被我藏在写字台深处，不让别人发现。

那天晚饭后，我跟家人说要出去一下，然后既恍惚又清晰地拿了那个背包，骑上自行车，一路骑到家附近的小河边。

我站在河边，脑中闪过很多小时候的画面，爸爸、妈妈、我、妹妹，我们一起的画面。这些画面和白天看到的那个匪夷所思的场景交替出现，变得越来越不真实。

一阵风把我吹得打了个寒战，我发现背包已经被自己扔进了河水中，看着它渐渐沉下去，就好像所有的紧张、丑陋、担忧、怀疑，也都会随之全部沉到水底一般。

眼前的一切让我感到眩晕，我对着水面的涟漪，无声地哭了出来。

自那之后，我不再保留那些零碎的东西，不想让记忆成为负担，把自己所在的地方也收拾得越来越干净。我让自己沉浸在每一个当下，让所有的细节都在眼前真实展开。

只要是我认为终将溜走无法捕捉的东西，我宁可松开紧握的手。

[8]

父母离婚之后的残局是用了几个月的时间，逐渐收拾好的。

我的生活彻底发生了改变，以前没觉得自己有什么雄心壮志，反正大家都是想等大学毕业之后找个工作，我自己也不例外。可这段时间，家里的凄风苦雨持续了那么久，我快要被压垮了。如果想要凭借一己之力改变这种气氛，也改变自己的人生，我只有一个可能的途径，那就是考研。

虽然自小被誉为“神童”，但我的学习成绩一直普通，高中阶段严重的偏科加上不好好学习，导致第一年高考失利。刻苦复读之后，第二年考上了本省的大学。我心里很清楚，不管父母现在的日子有多么艰难，只要听说我考上了北京重点大学的研究生，一定会非常高兴。更重要的是，只要考上研究生，我就能离开这里。

我还是会在每个周末回家，在家人面前做出长女该有的模样，撑住大家，度过混乱哀伤的过渡期。每次到家之前，远远看见爸爸或妈妈房间的窗户，总觉得与邻居们比起来，自己家的灯光显得有些黯淡。

进门前，先深吸一口气，在心里跟自己说“打起精神来”，然后才敲门。父母给的生活费，我开始刻意省下一些，或是给爸、妈带点东西，或是给陶然带点好吃的。只有在回到学校宿舍后，才趁着夜深人静时默默流泪。

当每一个白天到来的时候，我都能感受到自己心底吹起的狂风，那呼呼的风声在告诉我，快离开这里，去开创属于自己的人生。

直到今天，看到妹妹这封长信，我才意识到，当时自己全部的力气都花在了考研上，对于正处在青春期的陶然到底经历了些什么，我是无法感同身受的。

那时候，她每次打电话来，在电话里哭，我只能尽力宽慰：“咱们俩都是要长大的，长大之后都会有自己的生活，咱们是不是也希望爸妈身边都有人照顾？既然他们俩不能再照顾彼此，那有其他人来照顾他们，不好吗？咱们先试着接受他们，如果他们欺负你，你放心，我绝对不同意，好不好……无论如何，咱们还是应该替爸爸妈妈有了新开始而高兴。你好好努力学习，等到将来考上大学，你就可以来北京找我了……”

虽然光是每周接爸、妈的电话，或者跟爸爸见面看着他哭，已经足够令我崩溃，我经常一觉醒来，发现枕头上掉了大把的头发，半夜睡不着，甚至有打开窗户跳下去的冲动……但无论如何，就像陶然所说的，我已经长大了，大部分的时间是在学校里，不像她，还需要依赖父母的抚养，需要穿梭于两个家庭之间，去接受刚离婚的一对怨偶所有的负面情绪。

她是一个刚刚步入青春期，需要父母爱护和正确引导的小女生，却提早面对了过于复杂的家庭氛围。这种复杂，是爸爸和妈妈自己也控制不了的，因为他们不过是一对曾经相爱如今相看两厌的平凡男女。

这一刻，我才意识到，我的妹妹陶然，那个在朦胧夏夜里沉睡的小女孩，已经在不知不觉中接受了命运的安排。在那之后，她会发现，很多事情比跟姐姐比较礼物的大小、玩具的好坏、试卷上的分数更严重。那是跟她过去所处完全不同的世界。她的生活开始有了调色盘里那些灰暗的颜色，她比同龄人更早地明白了什么是无奈、遗憾、悲伤，这些经历在她的人生中潜移默化，成为日后她做出重大决定的伏笔。

一直以来我对妹妹的判断，都建立在自己单方面的理解之上，忽略了先去了解她经历过怎样的事，做了怎样的取舍，成了怎样的人。如果她觉得爱情那么重要，那就是她为自己人生所做的决定。假设她什么都听我的，去了欧洲学习艺术，某天坐在巴黎铁塔下品尝着咖啡，想起腹中曾有过的孩子而突然崩溃，觉得人生空洞再无意义，我能负责吗？她从小就一直在做她自己的选择，今后也将继续这么选择下去。就像她曾在信中说过的——

我其实一点儿不在乎金钱，不在乎大城市、小城市，我一直都是在乎感情的。

我也终于懂了，那些年她日复一日盼望着早点长大，早点有一个属于自己的家，这个愿望比我想要考研、想要离开家去更大的世界还要强烈。我们俩是一样的，在心底悄悄埋下一颗种子，没有跟任何人说起。这种子在我们心中逐渐扎根，越扎越深，直到不可动摇。

就像小美人鱼的寓言，为了求生，我们必须彻底割舍一些东西。也许在很长的时间里，我们都没有意识到自己割舍的是什么，只是靠着直觉支撑自己过日子。直到很久以后我们才明白，我们都为当初的选择付出了代价。

这些年里，我总觉得工作给的回报远超预期，因此爱情的缺失再正常不过。而我的妹妹，以她的天赋和才华，又何尝不能在事业上有一番作为?

只是，她早就决定放弃事业，而我早就决定放弃感情，我们都因为决绝的割舍而变得残缺，但也因为决绝的割舍才活了下来。大概，这种割舍太痛苦了，所以为了捍卫自己的选择，我们俩都像亡命之徒一样，在各自选择的道路上狂奔，也在各自选择的道路上死守。

我想起两年前妹妹的那场婚礼。

那天，随着仪式的推进，两个孩子沐浴在耀眼的舞台灯光里，他们都刚刚二十出头，年纪还那么小，却在结婚这件事情上那么坚定。我对此无法理解，但愿意给出全部的祝福。配合婚礼司仪夸张的用词，我大声地欢呼，大力地鼓掌，看着台上泪眼盈盈的妹妹，小时候两人相处的那些片段，一瞬间都飞到了眼前。

那个爱流口水、吃包子饺子吃得满头满脸都是馅儿、一个盯不住就捡地上的瓜子吃的妹妹，那个调皮捣蛋、往鼻子耳朵里塞各种小球把家里人急坏的妹妹，那个因为爸爸给我买了四大名著却只给她买了几个发卡而撒泼打滚的妹妹，那个骑着小自行车一趟一趟往返小卖部、买来我俩在家吃的零食的妹妹，那个帮我开开关、接电话、用软软的小手帮我做眼保健操的妹妹，那个晚上睡觉时会不自觉抓住我的手的妹妹，此刻就要嫁人了。

那时候，我真的希望，她能幸福。

2015

第四章 重叠瞬间

2016

[1]

醒来时，飞机正在万丈霞光中航行，我发现枕头湿湿的。

在机场读到妹妹那封信的时候，我全身紧绷，热得透不过气。那是一种怎样的感觉呢？多年来都认为自己没做错任何事，现在坚信的东西崩塌了。真相被撕开在眼前，我无处可逃。终于意识到自己也参与了对亲人的伤害，很难被原谅。每个人站在自己的角度，都有一堆故事可以讲，都有一堆沉冤可以诉，可在整件事情里面，每一个成年人都不是无辜的。

我揉揉太阳穴，那里像燃烧着一团火一样，咚咚地敲击我的脑袋。

此刻，在几千公里之外的城市，并没有一辆车、一个人来迎接我回家。

走出廊桥，空气中混着燃烧的气味，是那个熟悉的北京。踏上出租车，再一次隔着玻璃观察这座熟悉的城市，觉得它与以前相比，有了些改变，又好像什么都没变。

我想起小时候，每当黄昏降临时，一个人坐在院子里，周围的一切都安静得可怕，一种难以名状的愁绪会逐渐升起在心里。

那时候妹妹还没出生，小伙伴们住得离我都很远。那种攫住全身的力量，长大后才知道是孤独。

如今回到了熟悉的城市，我在人群的包围中，体会到了比那时更深的孤独。

[2]

早上一睡醒，我就给廖野发了短信："我决定加入。"

很快，我成为廖野公司合伙人的消息，为业内同行们增加了一点谈资。很多已经两年没联络的人纷纷出现，发来祝贺的消息，其中不乏当年在背后说三道四的人。我看着那些没什么感情的文字，也没什么感情地回复着。

上班第一天，办公桌上收到了前老板邓克、导演孙骁，还有前同事吴优、向东、雷雷送来的鲜花，祝贺我重新开工。这些真正战友间的情谊，对我来说才是珍贵的。

多年前在东时西时上班的时候，我的梦想是能有一间属于自己的独立办公室，这个梦想今天终于实现了，幸好还不算太晚。想起以前看过的某段鸡汤文字说，人生中的一些梦想，如果有机会让它早点实现，一定不要等；否则当你实现的时候，它对你可能已经没有意义了。

在伦敦的时候，廖野找我谈合作，期待我帮他做成三件事：一是重新整理公司管理架构，二是帮他统筹所有电影项目，三是做好品牌形象和商务规划。里面只有第三项是我擅长的，前两者都需要边学边做。这些对我来说，都是值得尝试的挑战，原本我还在犹豫自己是否已经做好准备，但是现在，我迫切需要用工作占据头脑和时间，才可以少去想别的。正在犹豫何时回家，妹妹发来信息：“姐，你都回北京了，怎么还不赶紧回来看看？”

我当然不能说是她那封信带来的后坐力，只好搪塞道：“这几天忙到不可想象，给我点时间，等我把新工作的情况摸清楚了，就马上回去。”

“就这个周末吧，别等啦。工作那么多，什么时候都可以做，你外甥女可只有一个。”陶然这个人，果然是成熟了啊，都知道怎么教育我了。

我定了第二天的高铁票。自从多年前那次高速上的追尾之后，我就不再开车回家了。

到家先分别去看了爸爸、妈妈，剩下的时间主要就是跟妙语腻在一起。她现在处在超可爱的阶段，软绵绵的，有一种小娃娃特有的香味。妈妈一直在笑我，说“你小时候对你妹妹可没这么有耐心”。

我不以为然：“陶然小时候太不听话了，你们看妙语多乖啊，又聪明，跟她说什么都能懂。不过——把孩子照顾得这么好，陶然还是非常优秀的。表扬！”

妹妹的发型很随意，因为怀孕导致的身材走形，还没有彻底恢复，但她的眼神里不再有以前的慌乱，整个人多了一种笃定的气场，做事也不像小时候那么毛毛躁躁。现在的她，是个能把家里大事小情都安排妥当的厉害主妇了。看着她一边麻利地在厨房准备晚餐，一边跟妈妈聊着家常，我用力搂了搂怀里的妙语，看到她脸上露出与陶然小时候一样的神情，鼻子有点酸酸的。

回到北京，工作排山倒海地扑上来，我每天都早出晚归，日程表上排满了各种会议和公关饭，夜里到家，还要经常写 PPT、做表格到很晚。等到公司业务理顺得差不多，需要对接的团队全都见过一遍之后，三个多月已经过去了。

从到处玩耍的留学生活，切换到日程爆满的工作节奏，我觉得自己适应得还不错。只有在偶尔没工作安排的晚上，心里会闪过一阵空洞无依。我想起远在温哥华的徐晓，不知道她现在过得怎么样……

平安夜，刚巧孙骁导演约了我开会。他最近跟我们有个项目在进行，打算找廖野主演，剧本目前有点卡住，想找个非创作团队的人讨论，看看会不会有新想法出现。聊完业务问题，我们无意再续摊，就各自开车离开。

不知不觉，车已经驶上环路，前方是京信大厦巨大的广告牌，广告语看不清楚，只看到一枚硕大的钻戒闪耀着。车里的广播此刻刚巧唱起："天上人间，如果真值得歌颂，也是因为有你，才会变得闹哄哄……"

以前，我最烦这些光彩熠熠的广告画面，里面的人有多幸福，在我看来就有多虚假。可是今天，它们不再面目可憎，等我反应过来的时候，意识到自己正在流泪。

我慌乱地抹掉泪水，心中一阵疑惑：这是怎么了？

[3]

到了家，打开房门。屋里黑洞洞的，赶紧把所有的灯都打开，见孙导之前，没好好吃饭，此刻忽然觉得很饿。

想了想，家里还有包泡面。没有比现在更适合吃垃圾食品的时候了。我拨通麦当劳麦乐送的电话，请他们送两对炸鸡翅过来。

打开电视，没什么可看的节目。我把装满了电影的硬盘找出来，挑来挑去，选了张艾嘉的《心动》。上次看这部电影还是高中时代，想来也有十几年了。只记得那时候为了没能在一起的爱情掉眼泪，今天再看，却忽然懂了男女主人公的选择。

泡面和鸡翅带来的短暂满足感，很快被变胖的恐惧取代。带着破戒乱吃东西的负罪感，我踏上体重秤，眼前的数字吓了我一跳。

三十八公斤。

什么时候瘦成这样的？这么说来，最近确实觉得上下楼时身体变轻了，肋骨也比以前更清晰了，牛仔裤的裤管显得空荡荡的，一双常穿的靴子，靴筒总是往下滑……

我试着跟自己对话，想找出今天在路上忽然哭出来的原因。

多年前，我刚跟晓光分手的时候，一个人住，也有过一阵子不适应，但很快就被第一次买房的喜悦与忙碌占据，顺利度过了那个低潮期。过去两年里，我在伦敦重新过上了集体生活，一直跟室友们住在一起。难道现在乍一回到北京，忽然无法适应一个人生活了？

第二天是周末，难得可以在家休息。早上醒来的时候，我一点也不想起床，也不想吃东西。手头没有积压的工作要完成，不如就在床上继续躺一阵子好了。不知不觉又睡着，再醒来时，已经是中午。

我在手机上打开《老友记》，看着屏幕，跟着笑，跟着哭。

周六周日就这样过去了。两天下来，我只吃了三块饼干。原本是嘴馋的人，每天都要对抗想吃东西的冲动，现在把爱吃的东西在脑子里统统过一遍，却发现完全没有食欲。没有哪一样东西，哪一件事情，能吸引我走出房间。

幸好周一是上班日。起床的时候，觉得脑袋一阵眩晕，怕是犯了低血糖，我赶紧抓了一块巧克力塞到嘴里。

工作的间隙开始发呆，这在以前是没有过的情况。从前我的大脑总是保持高速运转，解决完一件事，就会想下一件事是什么，但是现在，身体像是被注射了麻醉剂一样，变得迟钝而懒惰。

幸好可以把自己关在单人办公室里面，不被别人发现我状态不对。下班时间到了，同事们陆续离开，当我确定办公区已经没有人之后，才从座位上起身，拿出手机，打开微信，一个个翻里面的联系人，发现没有一个人可以陪我吃饭。或者说，我不想跟任何一个人吃饭。

眼泪不知何时又占据了眼眶。我忽然想起妹妹在信中说过的，那时候她刚跟男友分手，来到北京，一个人待在我家的孤独。

我怎么都没想到，时隔这么多年，在我觉得自己的人生毫无瑕疵的时候，会以这样一种方式，真切体会到妹妹当时的感受。一些从前没想过的问题，毫无预警地跳出来，清晰地摆在了我面前：当你在一条宽阔但布满荆棘的道路上狂奔很久，把能得到的最好的东西都给了自己之后，你还想要些什么？你还期待些什么？你的生活，到底是为了什么？

一直以来，看世界的态度非黑即白，对任何事情都追根究底，不认为生活有无法控制的一面，不接受有些问题终究是无解的。沮丧、挫败、悔恨、痛苦、失望、挣扎，这些负面情绪不是没有，但我从不允许它们控制自己太长时间。工作中的伙伴说："你每时每刻都像喝了二十杯咖啡一样，哪来那么大的力量？"但在我连自己的泪腺都无法控制的时候，这一切被轻易地颠覆，然后，巨大的恐慌接踵而来。

我打开徐晓的微信，跟她留言说了这几天的感受。她非常严肃地说："小陶子，我建议你去看看心理医生，我感觉，你现在所有的表现，已经是抑郁症的前兆，但你不要害怕，我们每个人都有过这样的时刻，没什么大不了。"

她还说："你要试试谈恋爱啊宝贝。你现在处在人生最好的阶段，三十出头，事业有成，有车有房有存款，如果身边再有一个人对你好，陪你一起享受生活，不是更好吗？不要再说你不需要了，没有比现在更好的恋爱时机了。既不需要男人养你，又看过了大千世界，不会轻易被骗，你正好可以独立地去谈你所希望的恋爱啊。”

如何好好与自己相处这个问题，我一直觉得自己处理得不错。可是今天，它似乎重新成了一个问题。以前，一个人安静地生活是解脱，鸡飞狗跳的热闹烟火气对我就像是刑场。可是我想不到会有这么一天，孤单也会成为一把利刃，让我感受到那种与过去截然不同的疼痛。

也可能，我只是不敢承认，到了今天这个年纪，这样的人生阶段，我也像很多人一样，开始害怕孤独，害怕一个人。尤其害怕的是，从今往后的生活里都一直是一个人。

徐晓的话，陶然的信，开始在我脑中交替出现。声音大到无法忽略。

[4]

早上，看到陶然发来的视频，是妙语在唱一首儿歌。妙语最近刚剪了一个西瓜头，乍看就跟陶然小时候一模一样。我一阵恍惚，听到妹妹留言：“妙语刚才说想大姨了，问大姨什么时候回来。我还新学了几道菜，你快回来尝尝。”

我打开日程表，发现第二天没有必须要见的人，也没有必须要开的会，于是给助理留言：“亲爱的，帮我订一张明天回家的高铁票。”

这次买的车票比较晚了，到家已经快夜里 10 点，陶然和宝生来接我。

车站外的路新修了栅栏，以前可以很轻松穿过去的地方，现在必须绕路。我懒得走那么远，抬腿就要迈过去，结果卡在了栏杆处，很明显是高估了自己腿的长度。陶然看我卡在那里，一边笑，一边走过来，两手一使劲，就把我抱了过去。一米七的她抱起一米五多的我，这画面让妙语在车里哈哈大笑。

一上车，我就跟陶然说：“你说了要给我寄花生，忘了吧？”

她说：“对啊，还真是忘了。”

妙语在旁边插嘴道："大姨，在北京买不到花生吗？"

我俩被她问愣了，然后一起哈哈大笑起来。

"对啊！我为什么每次都非要你给我寄呢？不光是花生，还有红豆啊、小米啊、玉米面啊，这些东西我都可以在北京的超市里买啊。"

陶然也是恍然大悟的样子："对啊，自从你去了北京，每次回家妈都给你装这些东西，知道你爱喝棒子面粥，爱吃炸花生米。后来你嫌沉，不自己拿了，就变成了我给你寄。寄到现在都成习惯了，搞得好像全中国只有咱们老家的地里长这些东西一样，哈哈哈。"

这点彼此都执着的默契，让人眼睛热热的。

到家的晚上，我在陶然家跟妙语玩到了很晚，才跟妈妈一起回了家。我们约好第二天一起去吃豆腐脑。

幼年时吃惯了的食物，是戒不掉的乡愁。

《追忆似水年华》里，曾经无数次写到那块"又矮又胖名叫小玛德莲那"的点心，一种扇贝形状的食物，"带着点心渣的那一勺茶碰到我的上颚，顿时使我浑身一震，一种舒坦的快感传遍全身"。当普鲁斯特一次次把它浸泡在红茶里时，所有的记忆就会跟着向他涌来。

后来向田邦子在她的书中写道，"我的贝壳蛋糕就是天妇罗，虽然听起来有些廉价，但事实就是事实，强行美化毫无意义"，读到这里时，我想说，我的贝壳蛋糕就是豆腐脑，比天妇罗还要便宜。

在北京多年，我一直找不到心里那碗真正的豆腐脑。不论是去店里，还是点外卖，能吃到的豆腐脑无一不是深棕色的卤，罩上一大块豆腐，再加上一些黄花菜、木耳、香菜等不知所云的东西。虽然也有味道不错的，但就是跟我想的不一样。

小时候，每次去姥姥家，常会碰到把豆腐脑挑子挑在肩上的摊主。摆摊的地方设在几条道交会的街中心，站在姥姥家的门口往远看，就能看见出没出摊。每次姥姥问，要不去喝豆腐脑，我都会一口答应下来。

挑子上有四个凸出来的长方形木块，可供小孩们趴在那里，一人坐个小板凳就开吃了。铝制的勺子、大碗豆腐脑，几个小孩围成一圈，呼噜呼噜地喝着；再泡上两根油炸果子，甭提多美味了。

这种豆腐脑，是先拿大瓦盆把面一点点揉出面筋，剩下的面汤用来煮面筋，煮成一大锅，再另配一大锅老豆腐。盛的时候，先是一大勺面筋汤，片上一片老豆腐，再往里面撒上醋蒜汁，特别特别香。

出国之前那些年，我总是晚睡晚起，放假回老家，总是睡到中午才起床，早上出摊的豆腐脑赶不上。有时候妈妈给买回来，放久了，味道就会差一些。

这回不一样，最近一直睡不好，早上很早就醒，第二天刚好跟家人去赶新出的早点摊。喝碗热乎乎的豆腐脑，吃新鲜炸出来的油条。醋蒜汁在嘴里蔓延开，是千金难换的美味。

要不是必须赶回北京开会，真想在家多住几天。跟她们待在一起，感到前所未有的安心。听着妙语牙牙学语，就好像看到那些字一颗颗地活过来，发出乐器演奏的声音，在我心里形成翻涌的潮水。

[5]

初春时节的天气最为舒爽。车上广播里，刘若英正唱着：“我想我会一直孤单，这一辈子都这么孤单……”忍不住跟着她一起大声唱起来，想用这独自一人的狂欢，甩掉前阵子的沮丧。

今天我穿的是新买的杏色薄纱裙裤，内衬有几层月色软纱，外面看影影绰绰，在日光下隐约发出光芒，衬得皮肤白皙；高腰设计让人变得挺拔，踩一双高跟凉鞋，大步流星也能走得稳。鬓边一对长流苏耳环，晃动着妩媚。

路上出奇地顺畅，在几个经常堵车的路口，全都赶上绿灯直接通过。把车停在公司楼下熄火时，我想，今天应该是个好日子。

下午的主要工作是跟一家国际知名的纪录片机构开会。他们提出，希望拍摄廖野一天的生活，今天是带着导演一起来提案。

一走进会议室，我就被坐在角落里的人吸引了。

公司的会议室是四面环形的桌子结构，方便看到各个方向人的反应和表情。此刻坐在我右前方的，是一个皮肤偏黑、长相儒雅的短发男子，穿一件黑色皮夹克，搭配水洗蓝牛仔裤，即使是坐着，也能看出身材高大魁梧。以我的标准，是个帅哥无疑。大家陆续在会议室就座，得知这位就是来提案的导演，名叫倪枫，在电影学院读了纪录片的研究生，以往的作品参加过几个电影节，拿过奖。

在廖野介绍到我的时候，能感觉到右前方的视线正朝我看过来，我抬头迎上去，向对方露出一个笑容，他也微笑致意。会议进程超乎想象的顺利，会后廖野先撤，其余的人开始加彼此的微信。

倪枫的微信头像是一只黄色小猫。回到办公室，正琢磨他对我印象如何时，他的微信就来了。那是一张伦敦地铁站里的照片，拍的是电梯旁边的站内通知，我在伦敦时也经常看到这样的手写牌，上面有工作人员随机写下的话。

此刻他发来的是一句英文："如果你遇到一个美好的人，那么你这一整天都将是美好的。"

我的嘴角翘了起来。很可能，他是先去看了我的朋友圈，并且至少翻到了一年前，看到了那时我发过的一张类似的照片。

当天晚上，我们在微信上聊了好几个小时。

来北京之前，倪枫和妈妈生活在南方，他还有个弟弟。在他很小的时候，母亲就抛弃了他们，是他父亲非常辛苦地把两兄弟养大。从电影学院毕业后，他在东二环的一个四合院租了房子，跟一只橘猫生活在一起。

聊天的过程中，他了解到我以前的工作经历和在伦敦读书的事，发出感叹："你真的好优秀啊，能在那么小的年纪就有这样的眼界和收获，这对于一个女孩子来说真的很棒。你就是我心目中的完美女性。”

与此同时，纪录片项目的工作群也聊得热火朝天。能看出来，与会的几个人都很希望把这件事促成。我想起徐晓的话，“你现在是谈恋爱最好的时候”。难道，这个人就是我开启新生活的钥匙吗？

很快，他就约了我单独见面。知道我喜欢吃汉堡，他特地把地方选在了三里屯附近一家英式汉堡店。

我们约的是七点，晚上六点十分，我开着车子驶离家门口。穿越每个环路之间的街灯时，窗外的夜色渐渐变浓。霓虹倾泻而出的光芒此起彼落，路旁的万家灯火悄然亮起，又零零星星没入身后的黑暗。夜风还稍带着寒意，我的心里却有种久违的热情。

初次约会，气氛恰到好处。倪枫熟练地点餐，给我推荐了一款汉堡，帮我们两人各点一杯啤酒。坐定之后，他没提任何关于廖野纪录片的事情，或许是不希望让这次见面充斥着工作内容，显得不纯粹。

“陶姜，你今天很漂亮。”

“谢谢呀。”

“那天在办公室看到你，我就在想，这个女孩很不一样。她身上有种非常优雅又非常阳光的气质。”

被他的话弄得有点羞涩，我一时不知如何回应。那双闪着光的深色眼睛如此近距离盯着我的时候，心神确实会被扰乱。我干咳一声，脸已经红了，赶紧岔开话题：“导演，我看你有一部作品是在意大利拍的，你对那里印象怎么样？”

倪枫会意，笑道：“你都去过意大利哪些城市？”

“只去过罗马。当年是借着电影节的机会，看了看那座城市。”

“罗马很美，去许愿池了吗？”

“那当然。”脑中闪过当时和朋友一起，把钱币投进水池那一幕。正担心他问许了什么愿，我会不好意思说实话（希望遇见个大帅哥），好在他没问。

“你在欧洲那两年，应该去了很多地方吧，最喜欢哪个城市？”

“欧洲的每个城市都有它的性格，好像没办法说最喜欢哪里，但是现在坐在这里喝着啤酒，我第一个想起来的是巴塞罗那。”

“哦？我去年刚好去过那里，你都去了哪里玩？”他问。

“第一天肯定要先去看那些最有名的建筑啦。第一站是圣家堂，第二站是米拉之家。我是跟室友们一起去的，在那里总有人举起相机拍我们几个中国女孩，好像外国人总是对东方人有种强烈的兴趣。有个慈眉善目的老爷爷还问我们 super model（超级名模）还是 model（模特），真是太会说话了。”

“确实是，老外在这方面值得我们学习！哈哈。”

我也跟着笑了，跟他碰了碰杯：“后来我们还去了巴特罗公寓和奎尔公园，我记得在那里上了很多的电梯和楼梯，站在顶楼可以眺望远方的城市。以前看欧洲的电影，总觉得特别美，想不到自己有天可以走进电影中的风景里。那天我们买了公园的票，等待入场的时候，大家就坐在露天的咖啡座，喝热巧克力配麦芬，脚边一直有鸽子和麻雀来回溜达，啄食人们丢下的面包渣……”

"你肯定很享受这样的生活吧？"

"是啊，尤其是想起以前没日没夜工作的日子，我就跟自己说，如此放松的时光就是给自己的奖励，这样就不会有那么强的负罪感。"

"当然不要有负罪感。如果我有你这样的成绩，我也会给自己放个长假。可惜我现在还不行，还没有代表作，也没有存下什么钱。"

他提到钱，我有点尴尬，觉得自己是不是说太多了。两个人见面，重点应该是交流，不应该是我一个人说个不停啊。

"你当初为什么会选择做纪录片呢？"我试着转换话题。

"唉，就是误打误撞，上大学的时候拍了东西，拿了一个小电影节的奖项，觉得自己可能是这块料，就这么开始了。没想到这条路比我想象中要难走得多。二十多岁时以为自己很快就会做成些什么，但是现在快要四十岁了，却发现自己还什么都没做成。"

如果面前坐着的是朋友或同事，应对这样的谈话内容，我是驾轻就熟的。在很多人眼里，我都是自带阳光的那个，无论对方多么丧，我总能找到角度鼓励他，或者干脆一针见血地指出问题的关键，把他骂醒。可现在对面坐着的，是一个约会对象，我反而一下子乱了阵脚，完全不知道该怎么接话，怎么沟通。

沉默了几秒，我只能说出一句不咸不淡的话："不急，你一定可以的。"

"嗯。别说我了，还是说说你吧，我喜欢听你说话。"他笑笑。

"那就接着说巴塞罗那吧。我去了那里的毕加索博物馆，你当时去了吗？”

“没有哦，刚好可以听你讲。”他很有兴趣的样子。

“以前对于毕加索，只是有个很抽象的概念，知道他作品的风格，这次看展览时才真正开始了解这个人。原来毕加索的父亲也是画家，他小时候就学习画画，一开始也像很多人一样，专注学习风景和人像。早期作品里除了鸟、乡村风光、人像，也有不少自画像，他的样子长得挺像一个东方人。他画的人像很有意思，总是一只眼睛写实，另外一只写意。这个阶段，他的模特主要是他妹妹 Lola。

“后来他开始设计海报，还给一些年轻诗人的诗歌画配图，那时候的海报已经开始有了‘毕加索’的风格。也是那段时间，他第一次去了巴黎，当时是法国印象派正流行的时候，他的作品也跟着明艳了起来，用笔的方式、那些小小的色块，都很印象派。

“展馆里有个区域，专门介绍的是他和杰米·萨巴提斯的友谊。这俩人从小就是好朋友，后来这位朋友还成了毕加索的秘书，也是这个博物馆的建立者。那里展示了很多毕加索为他画的人像，还有很多两个人的合照。他们几十年的友谊，真让人羡慕。再后来，毕加索的画就开始超现实了，嘴和鼻子不在一边的那种。还有个地方我印象很深，博物馆里展示了很多大盘子，鱼、牛、猫头鹰、太阳，还有各种人脸的图案……”

“陶姜，你的记忆力好厉害。我觉得就算我上个月去看了展览，也不一定能有你记得这么清楚。”他惊讶道。

“这个……可能是工作中形成的习惯吧，怪不好意思的。一个这么厉害的画家的生平，被我说成了流水账……”

“当然不，你对细节的专注力很强，我在生活里很少认识这样的人。你好像不管做什么事情，都非常认真，都竭尽全力。我现在有点明白，你为什么可以有今天的成绩了。”

“哎呀，你不要总这么说，哪有什么成绩，我还差得远呢。”我心里想着，难道别人的初次约会也都是这样“商业吹捧”吗？总觉得哪里不太对……

这时候，他示意服务生把菜单拿过来：“他们家的红薯薯条超好吃的，对了，说到西班牙，我超喜欢吃西班牙油条，你喜欢吗？”

“喜欢！那天看完展览出来，地铁站旁边就有家小店，看店的是个老奶奶，灰白头发，夹着一个蓝色毛线织的夹子，人特别和蔼。我见她一个人看店，就买了一盘西班牙油条，她在上面浇上了很多很烫的热巧克力，我就坐在小店的吧台边吃，看着雨淅淅沥沥地下，特别美……”

“我会做西班牙油条哦，有机会请你来家里吃。”

“好啊。”我毫不犹豫地答应。

“陶姜，我觉得你跟其他女孩子很不一样的一点，就是你说起自己的单身生活时，表情都是非常开心，甚至有点骄傲的。有没有人跟你说过，你看起来就是一副不需要男朋友的样子？”

我惊讶于他的观察力：“真的有哎。我的朋友们一直都这么说，我也很无奈。”

“其实你不是不需要，你只是要求很高很高。在没有遇到那个人之前，你觉得自己生活也很好。不只如此，你还觉得要把自己一个人的生活过得比其他人好，比那些成双成对的人更好。”

“倪枫，你一定是个好导演。你对人的观察真的很细致，能看到他们的心里。”

这句话说出口的时候，我意识到这是长久以来第一次用不同的眼光，去看待一个工作中认识的异性。好像有什么东西在心底松动了，发芽了。

这样的约会持续了几次之后，有天晚上，他在微信上发来一段视频，那是电影《真爱至上》里的经典片段。男生站在喜欢的女生门前，将事先写好的卡片一张张地摆出来，没有任何一句台词，但是那些字卡已说明一切——

WITH ANY LUCK，BY NEXT YEAR

幸运的话，到了明年

I'LL BE GOING OUT WITH ONE OF THESE GIRLS

我会跟其中一个女孩约会（几张美女照片）

BUT FOR NOW LET ME SAY,

现在我只想向你表白

WITHOUT HOPE OR AGENDA

我并没有任何期望

JUST BECAUSE IT'S CHRISTMAS —

但是今天是圣诞夜

(AND AT CHRISTMAS YOU TELL THE TRUTH)

（圣诞夜一定要说实话）

TO ME，YOU ARE PERFECT

对我来说，你很完美

AND MY WASTED HEART WILL LOVE YOU

尽管无济于事，但我将爱你到永远

UNTIL YOU LOOK LIKE THIS …

直到你变成这样（一张老太太的图片）

MERRY CHRISTMAS

圣诞快乐

[6]

在北京的胡同里兜兜转转，拐进一个小小的院落，在朝南的房间门前站定。隔着纱门，看到客厅里没人，我只能听到电脑里依稀传出的声音。

拧开门把手，走进房间，向屏风里面招呼了一声，没有回音。我又稍稍提高了音量，还是没有动静，只好绕到屏风内部去看。站在这里，倪枫的房间一览无余。

起居室没开灯，地上散乱丢着一堆杂志，空的饮料瓶到处都是。角落里放着书架，架子上的书五花八门，电影大师们的传记、纪录片的理论书籍，此外也有经济学、管理学、励志方面的书。书桌上的电脑开着，正播放着一段素材，旁边散乱着其他资料、便签等。

他大概是去街角的小店买东西了，我决定就在这里等着。看着屋子里杂乱的样子，我穿过黑暗的房间，去里面找到吸尘器，开始打扫。

没多久，他回来了。看到我，他没有露出惊喜的表情，只是淡淡地问："你怎么来了？

“咱们晚上约了一起看话剧啊。你忘了吗？”我不动声色。

“哦，我不想去了。今天觉得不太舒服。”

我心里一阵火起，但还是按捺住了。廖野的纪录片项目没能进行下去，倪枫的提案未获通过，这件事让他颓废了很久。我没想到这件事情的影响力能这么大，成为横亘在我们关系中的一道障碍。

回想我们俩相处这几个月，他的状态总是飘忽不定，许多问题都在逐渐显现出来。

事情第一次出现端倪，是他跟我表白之后的一天。我们吃完饭，刚好餐厅距离我家很近，他提出可以陪我散步回家。

那天的温度刚刚好，带着微醺的酒意走出餐厅，我手很自然地搭在了他的胳膊上。我们一路走，一路聊天，已经很久没有这样的感觉，仿佛周围的空气都已融化于甜美。

到家附近的时候，我说“快到了”，他指着前方一片看起来很新的楼房问：“这就是你家吗？”

我说：“当然不是，我可买不起。这里要十万一平方米。”

“这么贵？”

“对啊。我住的地方比这里便宜很多，现在单价七万，我买的时候更低。北京的房价太恐怖了，大概是我老家的十倍吧，你老家的房价怎么样？”

他脸上掠过一丝阴影，“唔”了一声，含混不清地说：“我也不清楚。”之后就没再主动说话。

离家越来越近的时候，我心里开始忐忑——稍后到了楼下，如果他提出要上楼坐坐，我应该要如何反应？如果答应，会显得不太矜持，可是今天晚餐的气氛那么好，散步回来的氛围那么温柔，连空气里都有槐花的香味；如果不答应，好像会辜负这样一个美好的夜晚……

不知不觉就到了楼下，他先开了口："陶姜，我今天有点累了。就送你到这里可以吗，你自己上楼没问题吧？"

我赶忙说："当然没问题，你看院子里那么多人，很安全的。你快回去吧。"

他跟我挥手说再见，脸上的表情显得他跟刚才吃饭时已经判若两人。

这之后的几天，他在微信上的反应一直怪怪的，说冷淡也谈不上，但一定不算热情。我怎么想也想不通，只能先从自己身上找原因。

难道是因为前几天，我跟他直白地说，我不是那么喜欢小动物，觉得跟它们的缘分很浅？毕竟他那么喜欢小动物，尤其是他的那只橘猫，简直是他的宝贝。他跟我聊了那么多与猫有关的话题，换来的却是我说我不感兴趣，这会不会有点煞风景？

翻来覆去地想了半天，也没想出个所以然，我终于忍不住直接向他提问："你最近几天怎么了？是有什么不开心的事情吗？"

"没有啊。"

一句没有任何表情符号的回答。

我不死心，继续追问："我们那天吃完饭你就状态不太对了。是发生了什么吗？"

微信屏幕上显示出了“对方正在输入”，然后停顿，接着又是“对方正在输入”，如此反复好几次，我快没耐心了，刚要打电话过去，看到他发来一句：“那天很开心啊，只是我没想到那么开心的日子，你却只想聊房地产的话题。”

我被这句话弄蒙了，使劲挠了挠头，所以这个人是被这个话题伤了自尊？我的天哪，男人到底是怎样的一种生物？他们的脑回路到底是怎样的？

我的心情一下子变得很差。两个同事正赶上此刻来汇报工作，交上来的文档里有好几处错字，被我劈头盖脸地训了一顿。

手机亮起，我看到陶然发来的信息：“姐，这两件衣服哪件好看？”

我选了其中一件的照片，给她回了过去。

盯着她的头像，我想，妹妹大概永远都不会面临我此刻的烦恼。千百年来男主外女主内，男人负责养家，女人生儿育女，这样的社会结构之所以稳定了那么久，也许还是有一定道理的。

想到这儿，我敲敲自己脑袋，在心里骂道：陶姜，你这是怎么了？为了一个刚认识两个月的男生，至于撬动自己多年来的价值观吗？

我打开电脑，继续处理工作，只有让自己进入事务性的细节，才会完全专注，不再去想其他的事情。

晚上回到家，不爽的感觉又开始翻腾。看看日程表里，未来几天没什么重要的工作，我忽然有种冲动，想要离开北京几天。你不是觉得我在跟你炫耀嘛，那就彻底炫耀起来好了。

二十几个小时之后，我在朋友圈里发出一张照片，坐标显示伦敦市海德公园，配文就两个字：休假。

没过几分钟，显示倪枫点赞。隔了一会儿，他发来微信："果然有钱就是任性。"我没理。

第二天，去逛了一天的美术馆。第三天，跑去电影院连看两场新上映的好莱坞电影，感觉北京的事情终于不再困扰我了。我跟自己说，你还是那个收放自如的你，什么男人不男人的，都滚到一边去，接下来要精神百倍地回北京继续开工。

飞机一落地北京，我就收到了邮件：倪枫的纪录片提案在公司内部正式被否。

严格来讲，这跟他的提案质量关系不大，主要是那家纪录片机构一开始对于预算说得模棱两可，等真的往下推进了，却丢给了我们公司一份预算表，里面有大量的费用需要我们来出，这对于公司来说是无法接受的。况且这个纪录片对于廖野是可做可不做的事情，我们没有必须推进的理由。

我把这个消息通过微信告诉倪枫，他一直没有回复。我知道这对他打击不小。他原本期待在这个项目中能有一笔收入，也能帮助自己开拓下一阶段的事业，现在全都泡汤了。我的位置也跟着变得尴尬，所以暂时没有主动联络他。

隔了几天，他忽然恢复了精神似的，重新约我见面。我们一起看了一出舞台剧，散场后进了旁边的麦当劳。

"最近这几天状态不好，让你担心了，对不起。"他率先打破沉默。

"别这么说，我知道你的心情不好。抱歉没帮到你。"

"工作的事情还不是最主要的，是我爸爸最近查出来心脏有问题，需要做手术。"

"啊？严重吗？现在他身边有人照顾吗？"

"我弟弟在。主要的问题是，手术需要一笔不小的费用，我爸爸知道之后就不肯做，我弟弟也拿不出这笔钱。我原以为可以在拿到片酬之后去付，但是现在，估计短时间之内无法凑齐了。没想到我都到了这样的年纪，还为这么点钱在苦恼，真的是很差劲……"

我没想到是这样的情况，一时不知道该怎么安慰他。他看着我，眼圈逐渐泛红。我坐到他的旁边，抱着他的肩膀，感觉到他的身体在发抖。

"倪枫，如果你不介意的话……我想说的是，假如你爸爸的手术很着急，需要用钱，你可以跟我借。"

"不行，绝对不行。"他坚定地摇摇头，眼睛里的红色更深了。

"要不，我先送你回家吧？咱们在麦当劳里聊这么大的事情，也是怪怪的。"

"不用啦。就在这里，挺好。"

"你就别坚持了，你现在心情这么差，回家可能会好一点。"

"今天真的不行啦。我不是拒绝你，等过几天吧。我这些天都没有好好睡觉，白天聊工作聊了很久，现在又在你面前这样失态……"

他布满血丝的眼睛看向我，好像卸下了全部防备。而我也从来没有过这样的经历，眼看着一个大男人如此脆弱。他的样子实在让我心软。

我在心里默默决定，如果上天让我有很多爱的能量，那我愿意把它分给别人。如果这样的过程，是为了让我懂得体谅和付出的意义，那我愿意去尝试。

[7]

从倪枫家出来，我们约了晚些在剧场直接见面。

临近国庆节，路上堵得一塌糊涂，原以为预留出一小时，足够开到国家大剧院，没想到已经过了半小时，路程却只走了三分之一，车还没油了。最糟糕的是，我和倪枫的两张话剧票都在我手里。

这次因为买票还闹了一个小插曲。倪枫自尊心很强，上次看舞台剧是我买票，他心里就有点介意。这次再约，他提出要跟我一起分摊票钱。我跟他说不用，他却很坚持。当时我已经买了全场最好的座位，就跟他说一共两千块，你转给我一千就好了。

他沉默了一阵，转过来一千块，嘴里唠叨了一句："其实我们也可以不用坐这样的位子啦。"

我张张嘴，没说什么，心里却有点别扭。以前，无论我选择怎样的生活方式，都不需要跟任何人解释，现在居然要为此有种隐隐的内疚感。

握着方向盘的手已经开始出汗。如果他的票在他手里，即使我迟到了，他也能准时进去看，可是现在……我只能尽力狂奔到剧院。

北京这天的交通，就像是专门来跟我作对一样，到处都堵得死死的，好不容易赶在熄火之前加了油，在加油站附近又堵了十几分钟。眼看着距离开场时间越来越近，我开始不断地在微信上跟他道歉。

开场后十分钟、二十分钟、半小时……一开始他还回复一两句，后来干脆不理我了。

终于把车开到附近，却发现停车场和剧院像是隔了一个体育场那么远，在这样的距离面前，脚上的高跟鞋从风情万种的利器变成了挤压脚趾的利器，我一个人站在偌大的停车场里面，不知道该往哪个方向走才能更快一些。这一刻，人生中从未有过的狼狈席卷了我全身。

等我终于气喘吁吁地跑到入口处时，已经开演一个小时了……

羞愧、沮丧、难过、尴尬、担忧，这一堆心情混在一起，让我一见到他就哭了出来。我以为，当女孩子哭了的时候，男生就算再怎么样也要安慰两句。

他没有。

他只是冷冷地看了我一眼，说："别哭了，赶紧进去吧。"

那场话剧的内容，我已经不记得了。只记得我们俩在中场休息的时候，聊的那几句驴唇不对马嘴的话，要多尴尬有多尴尬，以至于下半场开始的铃声就像是对我们的救赎一般。

后半部分，台上的演员演得更加投入，我却一点都没看进去，一直在心里琢磨到底能怎么弥补。到了散场的时候，我小心翼翼地问："要不要我送你回家？"他说："不用了。"一边说，一边大步流星地往外走，我踩着高跟鞋一路小跑地追着。

走到路边，他迫不及待地伸手拦车。一辆出租车停在我们面前，他像是要逃跑一样钻了进去，全然不顾我在后面说："我开车回去总要路过你家，你搭我的车……"

出租车绝尘而去。我愣在路边，好一阵子反应不过来。

脚上的痛发作得更狠了，我在路边找了个地方坐了下来，脱下高跟鞋，揉揉已经被挤得变形的脚趾。

低下头时，我才发现左边膝盖蹭破了皮，流出的血已经结了薄薄一层痂。应该是我在停车场奔跑的时候，摔倒那一下造成的，当时没有觉得疼，只顾着庆幸周围无人看到自己的窘态。

倪枫刚才应该发现了，关车门之前，他的视线在我腿上停留了一两秒，但他最终什么都没说。

这场迟到，原来这样不可原谅吗？我已经沦落到如此卑微的境地了吗？这个人的内心到底是有多么冰冷，为什么不能给我哪怕一点点的体谅和安慰？

泪水一滴滴地落在身上。陶家那个骄横跋扈、自以为是的姑娘，此刻消失了。恍惚间，我似乎看到陶然从北京回到老家，等在陈宝生家楼下，期待着与他复合的身影。

我站在北京车来车往的大街上，根本不知道自己想做什么，想去哪里。天一黑，孤独感瞬间就包围了我，我仿佛回到了初中时蜷缩在宿舍被子里的时候。这种感觉让我窒息。

她的二十几岁，我的三十几岁，两个我以为绝不可能重叠的世界，就在此刻重叠了。

夜里，倪枫的电话来了。

第一次我挂断，他又一次打来。我深吸一口气，接了起来。

他先开口："我就是担心我们之间会变成这样。"

"什么意思？"

"你知道我第一天在办公室见到你的时候，觉得你又专业又优雅，完全是完美的样子……"

"所以熟悉起来之后，就不完美了，对吗？"我反问他。

"陶姜，你可能永远都不会知道自己有多么任性。生活里不开心了，买张票就去伦敦休假，工作也可以随意丢到一边，反正你的能力够强，回来之后还能继续做好。你住好的房子，开好的车子，一顿饭花一两千块很平常，连看话剧都要坐第一排最中间的好座位……"

"这是我自己的工作、我自己的生活方式，不需要别人来过问。"我更没好气了。

"我从老家来到北京，这里完全不是我熟悉的环境，我花了好长时间，才把人脉逐一建立起来。这些年里，我爸爸的身体问题、家里的债务问题，把我所有的积蓄都掏空了。这样的状态之下，我每天怎么有心情去谈恋爱……"

"如果现在最大的问题是钱，那我可以给你啊，等你以后有钱了再还给我……”

“你越说越过分了，我刚才的话都白讲了。我跟你认识才多久，你就已经可以借给我钱了？你觉得你现在这样正常吗？你有没有发现，你所有对别人好的方式，前提都是你觉得开心、觉得爽快，你有想过别人真正需要的是什么吗？

“其实我一直期待的，是我们俩可以从工作里面互相了解，我可以看到你专业的一面，可以感受到你对我的帮助。你也可以看到我的想法，我们可以讨论。这样慢慢建立起来的感情，才是稳固的，才是被祝福的。”

我继续听着。

“老天爷给你的那些福报，你应该去善用，去帮助你可以帮助的人。就像你最初跟我说的，你喜欢帮助创作者，他们取得成就你也会开心。你应该把你这方面的能力好好发挥出来，这才是你应该做的。”

听到这里，我如梦初醒。

“你说的我都听懂了。现在我们需要回到各自的世界里，想清楚下个阶段的人生要怎么安排。我们两个不合适，今后不必再联络了。”

挂断电话，我松了一口气。

想起昨夜的经历，我恍然大悟，原来那场旷世大堵车，只是老天爷要明确告诉我：这个人是错的人。

原本我还没想清楚，那天他的愤怒到底是因为我迟到，还是因为他花了一千块买了一个“没必要”的好位置，却被耽误得半场演出都没看到；我也不知道他积攒了那么久的负面情绪，到底是因为廖野的纪录片项目没成，还是因为父亲的身体，又或者是因为我提出要借给他钱。现在他在电话里提到的一切，让事情再清楚不过了。

他希望我能在工作上以他期待的方式“帮助”他，而我没做到，就这么简单。

我忍不住嘲笑自己，平时不是在工作里眼光很犀利、主意很多、反应很快吗？在恋爱面前这是怎么了呢？像是个无助又糊涂的小孩一样，变成了以前自己最瞧不起的样子。

很多年前，在父母的关系中，我已经意识到，人一旦被感情支配，会陷入多么软弱无力的境地。这些年来，我从不轻易触碰情感，即使触碰了，也不会把自己全然交付出去，因为我不想开启那个会让自己失措的引擎。

如今这个引擎冷不防被倪枫启动了，就在我试着打开心扉之际，却被刺骨的寒风吹醒。这验证了我一直以来的想法，如果这世界上不存在那个真正温暖可靠的人，那么人生中就只有自己是最重要的。不把自己交出去，是对的。

我找出他的微信头像，点击“删除”。

[8]

晚上，我把这段半途而废的故事，断断续续讲给了徐晓。

“你们这些人，难道是天生就知道该怎么谈恋爱吗？我怎么觉得这么难啊。天天猜来猜去的，太累了。有什么干吗不跟我直说呢？而且我是真的想不通，他爸爸需要钱做手术，他没有，为什么就不能跟我借呢？”

“陶姜，你在这方面就是个机器人。人都是有感情、要面子的，懂吗？你在男女关系方面真的是小学生水平，你跟你妹妹比差远了！”徐晓恨铁不成钢。

“喂，以前是谁天天夸我优秀的？怎么现在损起人来这么狠，也不怕伤我自尊？”

“拉倒吧，你在这方面伤不了自尊。你从来没把谈恋爱当作一件大事、一件正事对待过，你只在乎自己的独立和自由。我说真的，你没事多跟你妹妹学学，看看人家是怎么把初恋男友变成老公，现在又把家庭抓得稳稳的。”

“她那边也是一堆烂账呢。再说了，我这么大岁数了，难道还要跟我妹妹去唠叨这些破事儿？我可说不出口。我有你呢，你当我的垃圾桶，足够了。哈哈！”

“不管怎样，你能开始尝试恋爱就是大好事。别因为这一次就害怕了啊，我有预感，你接下来的桃花运会很旺哦。只不过，两个人的相处，尤其是男女之间的相处，不能光靠你那一腔热血。你确实得多去体谅别人的感受。这事也没办法一蹴而就，你就慢慢学吧。”

“行行行，我也知道，他说的那一堆话里面，有那么几句也是有点道理的。”

“是啊，人心的复杂，往往出乎我们的意料。一些事情，你觉得不是问题，在他那里就成了问题。在你俩这段关系里面，没有大是大非的原则问题，只能说，你太自信，他太自卑，你俩实在不合适。当然了，以一个男生来说，他也未免过于小气了点儿，跟你谈恋爱的功利心也强了一点儿，但你这个神经大条的程度也够别人受的……”

“好啦好啦，知道啦。等我遇到下一个顺眼的人，再重启这个话题吧！我现在只想工作，只有工作能让我快乐！”

关掉跟徐晓的对话窗口，我忽然意识到，即使只是一段半途而废的故事，也把我从之前的情绪低潮中解救了出来。

原来恋爱真有它的神奇力量，这神奇力量并不止于带给人们美梦与热望，或许那其中的痛苦时刻，那些哭泣悔恨的日子，那彼此怨怼又重归于好的过程，那欢喜与绝望之间的来回摆荡，也会让人感受到生命的分量。很多人大概就是在这样的过程中上了瘾吧。

即使我选择不让自己陷入其中，也在这一刻，更加理解了陶然。也许在很长的时间里，对她来说，只要宝生不放手，她就不会放手。就算陈家其他人脸上都露出不欢迎的表情，那也无所谓。她至少有很多时刻，可以和宝生相互依靠着，在他们俩的小世界里找到平衡。

很巧，陶然的微信就在此刻发了过来。

“姐，你最近是不是谈恋爱了？”

“啊？你怎么知道？”

“果然是啊，哈哈哈，被我发现了吧。”

“准确地说，是已经分了，挺没劲的一段经历。你是怎么看出来的？”

她丢过来一张截图，是我前几天发的朋友圈。车窗玻璃的哈气上，画了一个“心”。“你以前从来不发这种照片的，我觉得你肯定有情况。”

“唉，情况已经过去了。不提了。”

“嗯，你不想说就不说。不过你下次要是再有情况，别等着过去了再跟我说啊。你早点跟我说嘛。”

“这种私事说起来多尴尬。”

“搞对象有什么好尴尬的。世界上那么多人都在搞对象啊。你别总是要把自己从普通人里面择出去，在这方面做个普通人也挺好啊。”

“哎呀我没有，好啦好啦，下次遇到靠谱的我跟你说。”

她发过来一个“拉钩”的表情：“可能很快就会有喽。”

删掉倪枫微信的一周后，我跟廖野启程去台湾拍摄 MV。

工作于我永远是良药。环境的转变和繁忙的日程，帮助我迅速找到了新的生活节奏。难过与无奈也不是没有，但我跟自己说，不要被脆弱打败。

出发去拍摄现场的早上，隔着车窗玻璃，我看见窗外露天的咖啡馆里，有几对年轻情侣的身影。他们轻松地拿着咖啡杯，正热烈地交谈着，脸上的表情看上去似曾相识。

这里面，应该还是有真心相对的人吧，但跟我已经没有关系了。

[9]

也不知道是被徐晓说中了，还是被陶然给预言了，回北京不久，我又遇到一个男孩，比我小十岁，眉清目秀、身材修长，是韩剧演员那种精致长相。他也确实是个演员，刚从戏剧学院毕业。

我们是在一个饭局上认识的。那天我陪廖野一起去参加，席间有各路大佬，这个男孩就是其中一个经纪人刚签下的，据说是公司准备力捧的对象。

一开始我没觉得会跟他有什么交集，只是礼节性地跟大家聊天，到了加微信的环节，主动找过来的人里面，也有这个男生。他叫林若。

第二天，我收到他发来的微信："可以冒昧地请您吃饭吗？有些事情想要跟您请教。"

收到年轻帅哥的邀约，当然要答应。

林若给我的感觉，与倪枫完全不同。狮子座大男孩，刚毕业就签进了业内知名的经纪公司，一切都是刚刚开始的模样，整个人朝气蓬勃。

他还是个富二代，因为长得帅，从初中开始就收遍了女生的情书。对他来说，被喜欢，甚至被爱，都是很容易的事。这让他在面对我的时候，不像其他新人那般拘束，能感觉到他从底子里就有的自信。

相识不久，我们就成了一对默契十足的玩伴。喜欢的电影、爱听的音乐、收藏的黑胶唱片、爱吃的食物，全都大同小异。下班之后我越来越多地跟他混在一起，逛街，吃饭，看电影。他有着不符合这个年龄的细心，观察到我吃馄饨的时候不喜欢吃皮，他会用勺子把每个馄饨的边缘切掉，再放到我碗里。

不论是在餐厅吃饭的时候，还是在等待入场看片的时候，总有女孩子先是打量他，再打量我。目光里的潜台词无非就是“这俩人什么关系”“这女的看起来也不小了，怎么跟这么年轻的男孩在一起”之类，而我发现自己竟然有点享受这种因为旁边站了个帅哥而被注视的感觉。

林若毕竟是个演员，骨子里是个人精。

每当他感觉到这些视线让我不自在的时候，就会特意当众做出亲昵又不越界的动作。有时候是跟我靠得更近，有时候是帮我整理衣服，也有时候用他的手臂环在我的肩膀上，凑近了说悄悄话。这些动作很有效，能让悄悄审视我的那些人，马上掉转目光。这让我心里有点暖，也满足了我的虚荣心。

没心没肺在一起玩了几个月，关系还是“友达以上，恋人未满”。我心里的困惑越攒越多。在外面的时候，他会有一些亲密的动作，可越是单独相处的时候，他反而越规矩。这种绅士感在两人相识之初是加分项，可是时间久了，就不对劲了。

有时候我鼓起勇气，暗示他可以稍微进一步时，他总是会巧妙地躲开。甚至在他来我家做饭，晚上一起看电影到很晚时，他也还是会非常正派地离开；换了我去他家也是一样，不管多晚，他都会把我送回家。

这样一来，我开始怀疑自己的判断力出了问题。也许他只是想把我当个好朋友？可是我们相处的细节里面，又有很多不属于好朋友的部分。

终于有一天，我忍不住跟徐晓吐槽这些，她这次没有马上回复微信，我有点纳闷，明明是温哥华的白天啊。隔了几个小时，她才跟我说，女儿病了，最近都在住院，她忙里忙外没顾上。我赶紧说，你千万别理我，赶紧去忙你的，我这都是小事。

“陶姜，你要是实在不愿意跟其他朋友聊，觉得没面子，你可以问问你妹妹呀。如果不想让她知道是你，你就用那个最经典的句式，就说，我有一个朋友，遇到了什么什么事情……”

倒也是个办法。我打开微信，跟陶然语音留言讲了这个事情。

陶然很快就回复了。从她的语气中，我能听出她的兴奋，那是一种“这辈子姐姐终于有件事需要我意见”的兴奋。

“姐，你朋友的这个朋友，不会是个同性恋吧？”

我内心一凛，这……我怎么没想到？！

我把过去这段时间跟林若相处的蛛丝马迹在脑海里倒带了一遍——他干净的衣服和头发、一尘不染的白球鞋、坚持健身的习惯、家里摆放的香薰和精油，以及很多精致的生活细节……

天呐。就在这一瞬间，我对陶然刮目相看。

这之后，我开始更加注意观察林若，越看越觉得就是这么一回事。

那他为什么要接近我，跟我玩在一起，又不跟我表明真实的想法，营造这么多暧昧的空间让我去误会呢？

我把这个问题又抛给了陶然。

“姐，你说你的朋友很优秀嘛，是公司高管。那对于这个男生来说，她本来就是一个很适合做朋友的对象，交下这个朋友，对他的前途来说没坏处。我也相信他是真的喜欢跟你朋友一起玩。同时呢，他能感觉到你朋友的心意，所以他必须在暧昧和不暧昧之间，寻找一条安全的线，这对他来说也很难，可是他必须这么做。他不想失去你朋友这个朋友，但他也不想跟你朋友谈恋爱。因为一旦恋爱中出了问题，那他就等于永远失去你这个朋友了。”

条理清晰。原来如此。

看来徐晓说的没错，我的智商一遇到恋爱问题就急速下降。她还说过一句话：“陶姜啊，你现在跟我说的这些烦恼，是我在高中阶段早都经历过了的，你都一把年纪了，谈恋爱怎么还像个青少年一样？你当初上学的时候都干吗去啦？”

我没有跟林若挑明这件事，他的性向我也不想再深究。在他又一次公开“秀恩爱”的时候，我轻轻推开了他，让他明白，我可以不要这点虚荣，他也不要再试图让我误解。他的眼神有些慌张，但这就是我的目的。

这之后，我们见面的频率降低了很多，但依然保持普通朋友关系，在他的工作需要帮忙的时候，我不会拒绝。其实在这场游戏里，我感谢这个人，一度把春天带到我面前，虽然那只是稍纵即逝的美梦。

姐，

最近宝生越来越多地跟我讨论工作上的事了。

起因是有一次他被咱家这边主管部门刁难，一时在气头上顶撞了那个领导，后来弄得自己骑虎难下，想跟人家道歉又怕碰一鼻子灰，不道歉又怕今后人家处处使绊子。我看他很苦恼，就跟他商量说，要不我买点东西，去那个人家里走动一下，说不定跟他媳妇能聊上几句，反正我一个家庭主妇，他应该不会太为难我。

他听了也没反对，就让我去了。正好赶上那个人家里的小孩要考高中了，想上咱们这边培养美术生为主的四中，但孩子的美术基础比较差，我就主动说，我大学是学相关专业的，可以帮她紧急培训培训。她妈妈一听特别高兴。

现在这个小孩已经考上了四中，她爸跟宝生关系也好得跟什么一样。自打这件事之后，宝生有什么事都会和我商量，听听我的建议，以前他总觉得我毕业之后就在家，跟外面的世界脱节了，凡事也说不出什么建设性的意见，不比他在社会上摸爬滚打了这么多年，见多识广。

前阵子妙语一句无心的话，让我心里别扭了很久。那天我问她，宝贝，你将来想成为怎样的人？想不想成为大姨那样厉害的人？

结果你猜她说什么？她说，我想成为妈妈这样的人，每天都可以在家休息，想吃什么吃什么，想看电视就看电视。给我气得想笑又笑不出来。

原来在她眼里，妈妈是一个每天待在家里什么也不干的人。这突然点醒了我，我想到你之前对我说的话，心里燃起了斗志，沉浸在家庭琐事里这么久，我需要做出更多改变了。

最近，有个高中同学开了个教小朋友画画的工作室，问我能不能去当老师。我说全职可能不行，但如果周末的话应该可以，希望她能同意我带着孩子一起去，妙语不会影响大家上课，她可以跟着一起学。我同学答应了，所以我马上就要去兼职上班啦。

现在再说说你。以前没机会跟你聊恋爱这个话题，最近你会偶然提起，我还是挺开心的。虽然我也只谈过那么一次恋爱，结婚的时候年纪不大，可以说是在结婚后才真正了解婚姻是什么，所以我也不敢说自己懂多少，但毕竟跟一个异性长期相处，还是能有一些观察和心得。

即使在一起挺多年了，我还是会记得那些与爱情有关的美好时刻。我很希望你也能体会那种感觉。虽然你体会到的跟我所体会到的，不一定相同，但那总是值得去体会的人生。

一开始小心翼翼对彼此好，后来随着了解的深入，不再那么小心，变得直接，变得不那么克制，两个人显得不像最开始那么好，可是又能一次又一次地发现彼此新的闪光点和进步。在我看来，这就是两个人相处必经的过程。

我最近看综艺节目，看到演员会强调一个词，叫“信念感”。恋爱中的信念感就来源于两个人聊天中的细枝末节、每一个付出真心去对待的瞬间，这些都是证据。一对曾经完全陌生的人，他们恋爱了，就是要抓住那些确实存在的证据，在遇到问题的时候，把因为猜测带来的不安降到最小。

虽然说恋爱的过程就是患得患失，但只有我们更坦然，才能展现出更有魅力的自己，而不是发现一点问题就放弃，或者非要分出个对错和胜负，最后两败俱伤。

恋爱的双方，过了很多年之后，感情淡了，甚至不爱了，也不应该成为仇人，所以我不能理解爸、妈之间为何会那么决绝。我看过一本爱情小说，里面有一句话，让我特别感动——“我爱过的人，我爱一辈子。”

还有啊，不要把男人笨拙的表达所带来的误差、两个人身处不同立场导致的误会，当作是原则性的问题。要懂得接受现实，但也要懂得翻篇儿。其实在我们的家庭生活中，这一点你就做得很好。

还记得吗？当初张曼跟爸爸在一起，被人指指点点，生了弟弟之后，她家没人来管她坐月子，弟弟又总不肯吃奶，她急得直哭。那时候正赶上你大学毕业，还是你在家里用高压锅每天给她炖汤喝。后来你去北京读研究生，开学前她给你做了一床厚厚的被子，让你带去北京……人都是将心比心的。

可回到你自己的生活里时，你又是一个非黑即白的人，在工作中对自己要求很严格，所以理所当然对别人也严格，因为你觉得自己都做到了，那别人也应该做到。可是谈感情的过程，是无法讲究这种公平和原则的，有些事情，不一定能掰扯出个所以然。就比如我家里这摊事，我能跟谁去分辨对与错呢。

从小到大，你都是坚定地做自己的那个人，可是“做自己”这三个字，会带着一种赌气的成分。在恋爱里，不一定要这么绝对，我猜你会因为对方一个很小的问题就全盘否定他。当你有这样的想法的时候，不妨给对方多一次机会，说不定你会看到另外一面。不要轻易放弃，又关上你好不容易打开的心门。

虽然你并没有问我的意见，但我还是自作多情地写了这么多。不管对你来说有用没用，都请笑纳哦。

如果我问你，我现在开始学着独立，算不算晚？你肯定会说，一点都不晚。

那我也想跟你说，从现在开始享受恋爱，也一点都不晚。

接下来“你朋友”的感情生活再有任何进展，一定要随时跟我更新哦。

陶然

2016年11月6日

2016

第五章　时光切片

2019

姐，

我怀孕了，这次是计划之中的，没什么意外，没什么焦虑，都是在我做好心理准备的情况下发生的。

最近一段时间，我想得比较透彻，也不再纠结一些没来临的问题。以后的人生会是什么样谁也不知道，与其纠结没有发生的事情，不如先过好当下。想想以前的我，真是焦虑得不能自已，每天沉浸在对未来的恐惧中，一度很后悔。还好我没有被打倒，渐渐从其中悟出一些方法，适当主动出击，生活似乎慢慢脱离了旋涡，一直往更好的方向前进。

过去几年我没少跟宝生吵架，但我俩都在为了这个小家努力改变自己。现在他越来越懂得承担在家庭中的责任，对我越来越体谅。最重要的是，他在处理婆媳关系上也变得更有办法了，遇到我婆婆找碴儿的时候，他会坚守一个原则——好事都是媳妇做的，错误全都是自己犯的。这样一来，婆婆的拳头打在棉花上，她也觉得没什么意思。

我也终于明白，只要更主动、更努力，自己的人生可以不被别人拖累；如果做好充足准备，那谁也不会成为障碍。如果我没准备好，就算没有孩子，没有家庭，也还是一片黑暗。

爸爸和你都说过，我当初那么努力，对抗全世界，得到了自己想要的结果，但是如果没有努力去经营，遇到困难只一味想逃避、放弃，也太对不起当初的努力。

关于二胎这件事，其实我挺不敢告诉你的，因为你以前一直说让我不要着急生。我怕你生气，怕你担心，但是我想，你是我在世界上最最亲近的人，我应该与你分享。

祝福我吧，也希望咱们在各自的人生里好好努力，幸福地生活！永远爱你、支持你呦。

陶然

2016 年 11 月 18 日

[1]

妙语快三岁了。我最近动了心思，觉得可以试试要二胎。

得知怀孕之后，我最纠结的就是如何告诉姐姐，虽然这两年我和宝生的感情越来越稳定，但我不确定姐姐是否能接受我又一次没听她的话。没想到，她看到邮件的第一时间，就发来了微信：“生气个啥？恭喜你！是好事！但是将来不许让小的欺负妙语，不然我跟你们急，无论如何我最喜欢的是她。”

我心里的一块大石头总算落了地。回国工作以来，姐姐的性格比以前平和了不少。我猜这种变化跟她谈恋爱不无关系，很开心她能把日子过得轻松一些。

这次怀孕的前三个月一直挺顺利，身体没什么额外的不舒服。婆婆虽然没按当初说的来“伺候”我，但时不时会打电话给宝生问问情况。这样最好，保持距离，相安无事。

[2]

这天在家吃过午饭，我忽然觉得肚子一阵剧痛，胃里一阵翻江倒海，刚吃进去的东西像井喷一样全吐了出来。突如其来的症状让我不知所措，赶紧打电话给宝生，俩人去了县医院。

B 超显示是肾结石，但是因为怀着孕，医生不敢用药，只能建议我多喝水，尽量自己排出来。晚上我疼得满头大汗，站也站不稳，睡也睡不着，只好不停地在家里走来走去，宝生看我这么难受，一直陪着我到天亮。

第二天一早，他开车带我到了市里的医院。路上我发信息给姐姐，请她看看北京那边有没有更好的办法。姐姐马上问了在医院工作的朋友，对方说现在怀孕十八周，孩子还太小，无法体外碎石，只能打黄体酮、多喝水。

在市医院打了黄体酮，又输了一种解痉挛的保胎药，还是没有效果。躺二十分钟我就疼得要赶紧站起来，在病房里溜达。宝生一直帮我揉右边的腰部，我还是每隔一阵就疼到吐，到后来已经开始吐胆汁了。

正苦不堪言，病房的门开了，进来一个人。“陶然吗？我是你姐姐的高中同学，她让我过来看看。”

进来的人是这家医院的主治医生，他知道我这两天喝了水就吐，没办法憋尿，就给我输了一些葡萄糖加钾。没想到那个钾一输上之后，胳膊简直疼到爆炸，我忍受着双重疼痛，坚持了好一阵子，还是让护士拔了针。

针拔掉之后，肾居然感觉轻松了。主治医生说，可能是肾原来一直在紧张，导致石头卡住排不出来，现在疼都集中到了手上，肾就放松了些，加上输了葡萄糖，体内总算有了些水分，石头就排出来了。

我赶紧给姐姐发信息："今天又在医院观察了一上午，现在就是隐隐地疼，你同学说可能是石头通过输尿管的时候刮伤了。现在回家来先歇歇，总之你不用担心了，要是再疼，我们再去医院。”

这场突如其来的小插曲，就这么莫名其妙地结束了。之后我整个孕期过得都算平稳，只是到了孕晚期，肚子太大，自己做饭这件事成了每天的负担。

宝生看我这么辛苦，就去家政公司请了一个阿姨回来，每天除了做一日三餐之外，还负责打扫卫生。以前一直是自己做饭的我，过上了饭来张口的生活。

[3]

整个孕期，基本上都是我妈接送妙语上幼儿园。妙语也乐得如此，毕竟姥姥在吃零食方面管得比较宽松，还能教她写字、背诗。

我的预产期阴历是初四，自打知道之后，婆婆就天天嘱咐，“初四出生的孩子不好，一定不要在初四生，听到没有？！”

宝生嘴上哼哼哈哈着，和我提前办好了住院手续，安心等待大日子的到来。姐姐也提前回了家，和妈妈每天等待我这边的消息。

预产期当夜，我给姐姐打去电话，说差不多了，可以开车到医院来了，如果一会儿打不通我手机，就是进产房了，可以联系宝生。姐姐和妈妈拿上事先备好的产后用品，带上妙语，出发到了妇幼医院。在产房外的事情，是我后来听妈妈讲的。

那是姐姐第一次近距离接触我传说中的公婆。

我婆婆一见她就立马冲上去：“哎哟，老大还真是长得秀气。还没结婚吗？”

“嗯，不着急。”

“怎么能不着急呢？女人的青春说过去就过去啦。你现在不着急结婚，等再老点就更难找了，到时候可怎么办？”

以前，姐姐都是隔着手机或电脑屏幕了解这个人，如今第一次正面相对，果然是个讨人嫌的人物。

“也是啊。”姐姐嘴里应和着，眼神却在逗妙语玩。

“所以说，别再挑三拣四了，差不多找一个就行了，结婚才是一个女人的长久之计。你天天这么忙着挣钱，就算钱挣得再多，等你老了，一个人守着它有什么用……”

姐姐本不想搭理她，可是见她说个没完，只好把视线收回来：“阿姨，您说得对，确实是这么个道理。我也经常在想，一个人挣那么多钱干吗呢……”

我婆婆脸上刚露出得意的表情，就见姐姐坐得离她近了点，把手机给她看：“有时候也挺多负担的。就比如这个基金经理，天天在微信上说，姐，又出来一个特别好的产品。说得多了，我就不好意思不买。以前我收到这些，也会推荐给陶然，因为早就听说您家大业大，钱多得没处使，想建议您家也买点。陶然每次都跟我说，我们家里都是我婆婆说了算，用钱得她做主才行。那以后再有这种信息，不如我直接发给您吧。”

婆婆脸上青一阵白一阵，被堵得什么都说不出来。姐姐看似恭维，实则直戳她的软肋，可谓稳、准、狠。婆婆这些年来在外耀武扬威，倚仗的是“我们家财大气粗”，但她自己很清楚，家里财产她根本无权支配，平时连买东西都是跟丈夫和儿子要钱，更别说这种大笔的投资了。

我公公在旁边听了，完全没意识到婆婆的尴尬，饶有兴致地凑过来："陶姜啊，你这么多年在外面见多识广，要是有什么好的投资项目，本金不太高的，一定得随时跟我们说啊。"

"那肯定啊，都是一家人嘛。"姐姐客气了一句，就转身去跟妙语聊天去了。

[4]

手术室的门打开，宝生端着盆走了出来，脸上带着憨笑："大胖小子。嘿嘿。"妈妈和姐姐听了，都放下心来。

他把妙语搂在身边，说："咱们去看看妈妈吧。"

众人经过几重关卡才进了病房，小小的房间顿觉拥挤。大家都奔着小家伙去了，唯有姐姐走到我面前："怎么样？"

"没事。"

她转身找水杯，问："哪个是你喝水的？"

"那个红色的水壶。"

她赶紧打开，摸摸杯壁，确定里面的水还是温的，才拿到我嘴边，一点点喂我喝下几口。

护士过来了，先是核对婴儿母亲的名字，报出身高、体重之后，又一条条交代注意事项：产妇要尽快喝水排尿，婴儿要喂奶粉，每隔几小时一次，水温多少，吃多少毫升，等等。

"可以把孩子抱起来交给母亲，看看能不能吃奶。"护士临走前交代。

我们老家有讲究，刚出生的孩子，家里人谁第一个抱他，孩子将来的出息就会随谁。

此刻，好几个大人围在小床边，谁都没好意思先去伸手。沉默了几秒，我刚要说话，忽然见我婆婆用手肘碰碰宝生：“你让他大姨抱呗。”

真是太阳打西边出来了。我和姐姐交换了一个会心的眼神。

都说二胎会比第一胎顺利，果然不假。这次我比上次生得还快，正如妙语期待的，是个白白胖胖的小弟弟，长大不会抢她的公主裙。婆婆虽然对我依旧不怎么样，但能看出来，她是真喜欢这个孙子。

我想起以前最黑暗的时候，姐姐曾经开导过我，我婆婆和大姑姐再坏，也坏不过职场上的坏人。相比她独自在工作中面对你死我活的较量，家长里短中总还是会有一丝亲情存在。

现在能在自己的地盘坐月子，比以前轻松自在得多。宝生不再像我刚生妙语那段时间，只是当个甩手掌柜。他在日夜帮忙照顾小宝宝的过程中，更加明白了当丈夫和父亲的意义。

[5]

关于姐姐的感情生活，我从她的只言片语中了解到一些片段，感觉目前还没有什么真正靠谱的进展。那个叫林若的人，我也不确定他是不是喜欢男生，对姐姐到底有几分真心。

想想也能知道，姐姐身处的环境，周围难免有抱着某些目的来接近她的人。她很聪明，应该不会真的上当，而且我想，说不定哪天就真的碰到一个合适的呢。

不知道是因为恋爱不顺利，还是她天生就擅长搞事业，总之我感觉她把精力专注在工作上时，总是能获得比别人更好的结果。最近她的项目进展就很顺利，担任制片人的第一部电影作品，很快就要开机了。

她忙得不可开交，没办法像去年那样，经常回家来陪我们，但嘱咐我一定要随时给她写信，说说两个孩子和家人的情况。这些信，她有时候会回复，有时候来不及回。隔着手机屏幕，我都能感觉到她那边工作的强度。

姐，

今天我公婆跟宝生视频，我和妙语在另一个屋里学习。

宝生的手机点了外放，我隐约听见婆婆问：“陶然呢，没在你身边吧？你可长点心眼啊，大钱还是别经她手，女的说变心就变了，几个孩子根本拴不住，还有……”

没等她说完，我就听见宝生说，打住吧打住吧，还有别的事吗？没别的事我挂了。

我差点没控制住笑出来……

陶然

2017 年 10 月 8 日

姐，

今天我用一个你给我的装饰品的袋子给妙语装玩具，刚才她收拾的时候说：“妈妈，这个袋子有大姨的味道。”我没跟她说那是你的袋子，她记得你的香水味儿，哈哈。

还有前几天，她忽然问我，我们什么时候再去迪士尼乐园找大姨？自从你带我们去了东京的迪士尼之后，她一直以为你就住在迪士尼乐园里面，跟艾莎公主住在一起……

陶然

2017 年 11 月 3 日

姐，

今天我翻出来了这张很早以前的照片，是你考上高中那年，爸爸带咱们去天安门广场拍的。

照片里，我看起来跟现在的妙语差不多大。那天我穿的是新买的凉鞋，结果特别磨脚，脚后跟很快就破了，爸爸给我贴了很多白胶布都不行，后来只能背着我走。

对了，你发现了吗？爸爸让我在裙子里面又穿了一件背心，看起来很奇怪，也不太好看，但是现在我一看就懂了，那是爸爸对我身为小女孩的一种保护，那个裙子里面如果不穿背心的话，上半身会稍微有点“暴露”。

我记得以前你跟我说过，小时候爸爸从来不让你在别人家过夜，亲戚家也不行，我小时候也被这么要求过，当时觉得特别烦，想去同学家住也不行，现在才明白这其中的深意。他在尽一切力量保护我们。

现在妙语也到了需要慢慢教育这些的时候了，比如要提醒她，有些地方除了妈妈谁都不可以碰，如果有遇到小朋友一起玩的时候，碰到不该碰的地方，要马上跟老师讲，回到家也要告诉妈妈。

刚才我给爸爸发了一个二宝扶着床边走路的视频，爸爸说，走路就随他自然学习就好，不用着急，然后发过来一张照片，说让我给妙语和弟弟买，给他们开发智力用。我一看，是动画片《超级飞侠》里的一个飞机，可以变形，我们家里也有，但爸爸特意给我拍图发过来，让我觉得特别逗，哈哈哈。

陶然

2017 年 11 月 23 日

姐，

今天我们吃了火锅，全部都是宝生操办的，吃完刷碗收拾残局，之后还给儿子洗了澡。

他已经不再去网吧了，跟朋友的聚会也固定为一个月一次，忙碌之余有时间就带妙语去周边游玩，增长见识。

在婆媳关系的处理中，他的改变也让我不再那么抵触和婆婆见面，放下了之前的紧张和排斥，似乎也找到了一点和她相处的方式。以往不管她说什么，我要么不敢顶嘴，要么懒得回应，那时她总说我虚情假意，心里憋着坏。现在她说了不着调的话，我会直接怼回去，对于无理的要求也会直接拒绝，她反而觉得我有点儿“真”，也不会不依不饶，心情好的时候还能一笑了之。

你知道我最近在想什么吗？你从小就被人们说是“神童”，四岁多就上一年级，十六七岁上大学。妈也总说你六七个月就会说话了，那时候教你是最用心的，等到了二胎就没那么大的心气了。我现在也能感觉到这一点，对儿子就是不如当初对妙语上心，不像当时变着花样做吃的，各种进步都记录下来，现在他都是穿姐姐剩下的旧衣服，玩姐姐玩过的玩具，二胎的宿命啊……

其实我觉得，你那时候之所以是“神童”，还有一个原因，那就是你出生在爸爸妈妈感情最好的时候，他们俩都把他们最高浓度的爱放在了你身上，连你的名字都是他们两人的姓的组合。我小的时候，可能一方面我确实调皮、不好管，另一方面，他俩的感情也逐渐开始出现了问题……

唉，不提这些了。无论如何，我希望妙语他俩能在感情很好的爸妈的爱里长大。

我希望妙语能像你一样，成为一个既听话又有主见的孩子。

希望她长大以后，能出去看看，别像我一样，留恋这小县城。

陶然

2017 年 12 月 4 日

[6]

从前，我跟姐姐常就一个问题展开争执——在她看来，工作上的辛苦才是真的辛苦，但在我看来，照顾孩子的辛苦才是真的辛苦。我们都没有体验过对方的辛苦，所以谁也说服不了谁。

后来我们不再争执这一点。正因为我们都没体会过彼此的人生，所以不能随意下判断去否定别人的辛苦。

最近，我在家附近租了处门脸儿，开了一个工作室，教小朋友们画画。

虽然之前去别人家的画室打过工，但真到了自己要包揽一切的时候，压力还是不小。打工的时候，场地、画具、课程安排和沟通，都有别人在负责，我只需要上课就好。现在从租场地、做装修、组装桌椅、准备画稿和教案，到发小广告招生，再到跟每个孩子家长的日常沟通，都需要自己来。

第一天上课之前，我特别紧张，不知道要面对什么样的小孩子，不知道课堂会不会不好控制，不知道自己备课的内容能不能吸引他们……第一印象很重要，如果孩子们不感兴趣，回去告诉了父母，就会流失生源。

因此，在第一节课之前，我准备了好几种讲课方案，在家演练了各种方案要如何讲解，甚至精细到了每一句话要怎么表达。跟家长的沟通也是需要锻炼的，每个人的诉求都不一样，有的是把孩子放在这里，让老师帮忙看着，顺便学点东西就行；有的则是认真地想让孩子打好基础，将来学美术。大家的性格和素质也各有不同，需要拿出不同的方式去耐心应对。

在这个过程里，我似乎体会到了姐姐刚上班时的心情，有胆怯和忐忑，也有惊喜和成就感。

好在课程效果还不错，孩子们也配合，基本都在我的掌控之内。我每天把妙语送到幼儿园之后，就带着弟弟去和小朋友们一起画画。

我和姐姐依然保持着写长信的习惯。

我会把两个孩子的成长、进步、搞笑、调皮的细节分享给她，让她能从工作的海洋里浮出水面，呼吸到截然不同的空气，而她让我有机会跟随她的描述，去体验我不曾体验的人生，看到日常生活里没有的奇观。我总是跟她说，你要一直写下去，哪怕是为了让我感受更多，你也一定要去经历更多。

陶然，

此刻，我在西雅图的夜里给你写信。

昨天我们在这里，接受当地华人商会的招待。现场的嘉宾们个个衣着华丽，女士们无一不化着精致妆容，男士们则都带着志得意满的表情。

这种场合挺乏味的，但好处是能吃到好吃的。其实对我来说，可以踏实坐在座位上吃东西，已经是种值得珍惜的享受。毕竟很久以前的我，要么跟随别人去参加晚宴，只能站在附近的位置等候被差遣，要么即使有属于自己的座位，也要一直走来走去跟大家碰杯寒暄……

你还记得吧，好多年前我请你和爸、妈到北京看首映，本来是想刺激你好好学习考大学的，结果你去了之后的感受是觉得我特别可怜，哈哈哈。

晚饭过程中，廖野的手机收到一条短信，对方说准备了两瓶好酒，多年不见，请他务必去家里坐坐。一开始，我以为只是一次免费品尝好酒的机会，没想到，这一趟着实让我见到了真正的奇观。

我们的车开了很久，后来都离开西雅图市区进入高速路段了，才在一个不起眼的路口拐出来，开进了一条有点荒凉的路。在这条路上又走了很久，我发现车子正开进一片森林。是的，不是树林，是森林。森林里的路况倒是出乎意料地好，与周围过于原生态的环境显得并不和谐，我不觉得这里面能有什么人烟。

一个厚重的灰色大门缓缓打开，前方看起来是个秘密庄园。进门的地方停着几辆车，旁边有稀稀落落几栋小房子。进入大门之后又开了好一阵子，车子终于在一片开阔地停了下来。廖野下车，男女主人早已迎候在那里。我跟他的助理 Alice 嘀咕，这个家不会是从刚才的大门口就开始算吧……

“廖哥，好久不见！”男主人迎上来送上拥抱。

“好久不见啊郑总。我终于有机会来看你的豪宅了。”

女主人很热情地欢迎大家，一边走，一边介绍起这片产业。

“欢迎大家来家里。现在停车的地方，平时是我们直升机的停机坪。那边是工人们住的地方。来，咱们往里走。”

我的眼睛适应着周围昏暗的夜色，逐渐看清了这里的全貌，不夸张地说，这绝不是普通的豪宅，它更像是一座城堡，外墙都是整块的石头做的。

进了门，走廊长得好像望不到头，里面恍惚看见有个调酒用的吧台，周围摆满了酒。廖野悄声跟我说：“我这个朋友，家里起码存了两三亿的酒。”

女主人继续介绍着：“这里是影音室，里面是我们自己的调酒台，在这里可以看电影、打台球、听音乐。楼上有十个卧室，可以招待朋友们。来，廖哥，咱们大家往这边……”

圆形的餐桌上已经摆上了红酒和各类水果，有一瓶酒已经提前注入醒酒器。经廖野的眼光认证，绝对是好酒。

现在要说到重点了。

他们家客厅外面的露台和院子，大得简直有点不真实。左右望一望，少说有几百米宽。近处是个游泳池，往远看，出现在眼前的，是一片真正的海洋。海水宽阔无边，正上方飘着一轮巨大的明月，漫天闪烁的星星映在水面上，波光粼粼，如梦似幻。

我被这景色震慑住了，心想，不知面前这片海是太平洋还是大西洋。

郑夫人带大家回到客厅坐下。酒已经醒好了。“这是今天刚摘的蓝莓，你们尝尝，这么大个儿的蓝莓不多见。这是从北京平谷空运过来的杏和李子，特别甜。”她指点着桌面上的江山。

比栗子小不了多少的蓝莓，颗颗饱满。我确实第一次见到这么大颗的蓝莓。

“有不喝酒的吗？这里还有红茶和绿茶。”

“多谢多谢，弟妹你快坐下待会儿，别忙活了。我们不跟你客气。”廖野道。

郑夫人五十岁上下，穿一条紫色的长裙，胸前的链子上是一颗巨大的翡翠。身材虽然已经发福，但脸上皮肤状态不错。见我一直忍不住望向露台方向，她坐下来，拿起 iPad 给我看照片。

“我们家这露台漂亮哈？你看，早上老有小浣熊过来，它知道我会给它东西吃，所以总是来。这是早上来吃食的鸟。你看，这朝霞多漂亮。”郑夫人丰满的手在屏幕上划动，左手无名指上的大钻戒拼命闪耀着。

“以前怕到了国外吃不到家里的口味，现在自己家院子里种着韭菜、茴香，想吃饺子了就让她们给我包。”郑夫人指指旁边两个与她年纪相仿的妇人，大概是家里的用人。

“你看我这里老是存着这么多海胆，早上起来我就爱吃海胆炒饭。”她说着起身拉开冰箱，展示一整个抽屉的海胆。

陶然同学，你能想象当时的场面吗？反正我是不知道该说点啥，哈哈哈。

大家纷纷夸赞房子太美了，郑夫人满意道：“每年都有这边的电影公司派人过来问，能不能借用场地拍片子，我都不让他们来。

“我现在生活排得特别满。健身，上课，见朋友，一天就过去了。觉得特别充实。等到了夏天的时候，我们在外面烧烤，把对面山上的射灯打开，可以把这边全都照亮。圣诞节的时候会在对面的山上放烟花。”

我琢磨，用对面山上的射灯把这边照亮……是个什么操作?

郑总接下来的话，解答了我的疑惑。

“廖哥，现在确实什么都有了。生活里已经没有什么要求了。这边有两百多亩地，包括这片山、对面的山、山上的树、瀑布，全是咱自己家的。”

“是啊，这生活。”郑夫人一手举起手里的红酒，另一只手在空中划了一下，像是舞台剧演员谢幕时的亮相。

我跟Alice交换了一个眼神，喝了口红酒，压惊。

这些年，有钱人和演员、名流也见了不少，大多数人身上都带着莫名的焦虑气息。尤其那些演员们，不红的时候日思夜想盼着红，红了之后又天天害怕不红，总之就没有踏踏实实开心的时候。

这是我第一次遇到对自己的生活如此满意的有钱人。我觉得他们太可爱了。我一定要把这个场面详细地记下来，等我做下一部电影的时候，这个场景绝对能用进剧本里。

对了，明天我要跟徐晓见面喽！自从她移民到温哥华，我们已经好几年没见了。这次难得能离得这么近，只需要两个小时车程，出发时我就办好了加拿大签证，这次无论如何都要去看看她。

先说到这里，困了，晚安。

姐

2018 年 6 月 2 日

陶然，

徐晓的样子跟几年前相比没啥变化，还是很漂亮。一晃我们俩都认识十二年了，如今还能在地球的另一端相约见面，真好。

坐下之后第一句话，她说："小陶子，你现在算不算北京市朝阳区私人飞机累积里程数最高的一个？"我被她说得一愣。我就纳了闷了，她都跑到加拿大来了，怎么消息还这么灵通？

这次我们还真不是坐私人飞机来的。廖野不是当了丽华航空的代言人嘛，航空公司新开了从香港直飞西雅图的航线，这次我们是坐丽华的航班过来的。我还给他策划了一个穿着机长制服出关，跟西雅图机场工作人员拍照的小活动。

这次为了接他，西雅图机场的CEO前一天从这里飞到香港，第二天又跟我们同班机飞了回来，中间只在机场休息了几个小时，也太拼了。因为这趟航班是跟廖野同乘，机票一下子就卖光了，公务舱座位有限，除了预留给我们几个的座位，一个不剩都卖了出去，最后丽华航空的老板和老板娘都只能坐经济舱。

徐晓在这里依然是个快乐的家庭主妇。她调侃自己，说老公和孩子都忙，大的忙工作，小的忙上学，就她最闲。每天在家待着，收拾收拾房间，做做瑜伽，跳跳操，下午出来买菜，晚上给大家做顿好吃的；夜里看部电影，喝杯酒，就睡了，生活特别规律。

晚上在她家吃饭，我第一次见到她老公凌立。他是做服装生意的，更早以前曾经做过设计师，平时有收藏的爱好，会买一些当代艺术家的作品。

她家客厅挂着一幅很美的油画，是凌立去年在北京当代艺术展上买到的，因为很欣赏这位画家的作品，他当时还留了联系方式。见我对这幅画感兴趣，就把作品集发给了我。

你也知道我刚装修完新房子，最近处在想把房间变更美的无限热情中。

等回到北京，有机会，我要去看看他的画。

姐

2018年6月3日

[7]

以前上学的时候，总觉得日子过得特别特别慢，那种缓缓流逝的时间，在当了妈妈之后似乎就消失了，取而代之的，是像指缝中流下的沙粒一般快速溜走的光阴。

有很多事、很多记忆，如果不常常拿出来复习，可能就完全忘记了。最近收拾家里的杂物，想为两个孩子再匀出一些空间，我翻出了以前的一个盒子，里面的东西很零碎，碎纸片、车票、日记本、照片……

收拾的过程中，忍不住拿在手中端详，看着它们反刍过往的日子，那些影像也跟着鲜明强烈起来。它们对我来说已经是非常遥远的记忆，但此刻再看，却幻化成印在纸面上的珍贵岁月。

多年前，姐姐赚了第一笔大钱的时候，带着我和爸爸、妈妈两个家庭去海边旅行。对于在北方小镇长大的我们来说，看海总是带着一种浪漫的气息，所有人都非常期待。

为了那次出行，姐姐做了周密的安排。我俩先跟妈妈夫妇俩去了三亚，又回到北京带爸爸一家三口去了青岛，前后将近十天时间，都是姐姐在张罗所有事情。她在两地都精心挑选了五星级酒店的家庭套房，好让一家人能更亲密地相处。

那一趟我们玩得特别开心，我带着弟弟在沙滩上挖沙子，可以玩一整个下午。两三年后爸爸再带弟弟去青岛时，弟弟还在沙滩上写下了几个大字：“大姐，我想你。”

那次出行的全家福照片，在两个家庭各放了一张，我和姐姐手里各有两张。

接着我翻出一张纸，仔细一看，心仿佛停跳了一秒。那上面是我自己的笔迹，写在爸妈离婚之后，第一次在家乡的街头骤然相遇，我亲眼看见了那一幕，想必当时对我来说太震撼，所以忍不住把黯然的心情写在纸上——

他们相遇的瞬间，世界都静止了。我不敢看。

他们互看了吗？他们尴尬吗？没有回答。

这是不是他们人生中最后一次相遇？

他们是不是永远不会再跟对方说话？

他们还记得相恋时的美好时光吗？

也许都忘了吧。

那个瞬间，我有点傻呆呆地站在那，说不出一句话。

也许对他们来说，无视是最好的回答。

可那一瞬对我来说，真的很难过。

我想哭。我不知道他们为什么会走到这样。

也许这一生，爸爸妈妈都不会再同时出现在我眼前了。

此刻重读这几句话，依然能体会自己当时内心巨大的灰暗。很多年前的我，就好像是个气球玩偶，一不小心被一根针戳破，身体里的气体一点点漏了出去。可是幸好，我撑住自己，找到了那个针孔，把它补了起来，完好地走到了今天。

姐，

我在旧物里翻出了一张纸条。

看到它的那一秒，当时的情景自己撕破了纸背，冲到了我的眼前。我真的很庆幸，你没有亲历那个可以夺走呼吸的时刻。

时间是个神奇的东西。现在，我想对自己说，可能这一辈子里，爸爸妈妈确实不会再同时出现在我眼前了，但是我决定不再为此而遗憾。

陶然

2018 年 7 月 6 日

这封信，我没有寄出，它现在依然躺在我的草稿箱里。

当我感受到了自己的释然，想把它分享给姐姐时，我忽然意识到，不知她的心中是否已经全然放下。我不希望这张纸条勾起她的伤心。

虽然很多年前，姐姐加速奔跑离开了家，我一个人留在了原地，但是很多年后，我希望我们在任何时刻都不再扔下对方。

姐，

最近有件事情，让我心里觉得挺暖的。

妙语刚上小学，每回都记不住老师留的作业，昨天记错了页数，所以写错了，真正留的没写。今天老师在群里@没写完作业的家长，等她回来我发现老师把她的书撕了。

我问她怎么回事，她说老师把几个没写完作业的小朋友的作业那页都撕了，扔进了垃圾桶。我气得给老师发信息，她没回，打电话也没接。后来老师回过来，说确实所有昨天没写完作业的小朋友的都撕了，期末了必须让他们严肃对待：“你家孩子这么长时间以来一直记不住作业，这次要给她个教训。”

我忍着愤怒给她回：“我支持您严厉对待学生，但是妙语五岁就上学，比同班的孩子岁数小些，难免有时候记不住作业，希望您以后可以把作业发到群里，我监督她完成，也看她记的对不对。上学第一年，孩子懵懂，希望您多费心，我也会多督促。我知道您是重视才会认真管，我把您撕掉的内容重新打印了，让她补上交给您。”

然后我嘱咐妙语：“撕书是因为你自己记不住作业，所以你以后得想办法让自己记住作业内容，或者写在书上带回来给我看。老师撕书的行为是错误的，书是好朋友，不能撕。不要因为老师的这个行为而感到害怕，应该发现自己的问题去改正。我已经跟老师发信息了，请她以后不要这样，今后如果再出现这样的情况，你就回来告诉我。”

其实当时如果给老师打电话的第一时间她接了，我就会在气头上说话，就处理不成现在这样了。因为她没接，延迟的过程让我冷静了下来。我发信息是告诉她，家长对这种做法并不认同，但又不能得罪她，所以说支持她严厉，跟她说我打印了作业，也是想寒碜她，作为老师撕书是很没风度的事……

我都没想到自己今天能这么有脑子，哈哈。

对了，刚开始老师不接电话，我气到了极点，就给爸爸和妈都打了电话，两个人居然出奇地一致，都非要告到自己认识的那个校长那去，让他们“制裁”那个老师，哈哈哈。俩人还说，万一真是她气急了要针对妙语，就转学，不在那个学校上了。

两个曾经的老师，当了姥姥、姥爷，都变了。

爸爸说："这是极其错误的行为，什么素质也配当老师，严重影响学生的心理。"

妈说："我有校长微信，我现在就发微信让她去管管他们这老师，她凭什么撕我们书，凭什么要求一个这么小的孩子记住那么多作业。"

妈还说："你告诉老师，我们孩子不会一直这样的，我们会越来越好，以后得上大学读研考博呢。"我说跟人家说这个干吗，妈说你就要怼得她无地自容，我说你能不能告诉我一些正常的方法……

后来爸爸又给我回电话，我说老师回信息了，还挺客气，说都是为了孩子，爸爸说："你别听她那一套，你也别怕她，不行我就找她家里去。"我说我给老师怎么怎么回的，他说："你别那么胆小，她敢针对妙语我明天就给校长打电话。"我说行了行了，已经算是和平解决了。他又问妙语心情怎么样，我心想，她能有什么心情，要不是我发现，她都不记得自己书被撕了这件事。

估计你收到这封信之后，也肯定会骂老师，怕妙语心理受影响的。明天我得跟妙语讲讲，有这么多人在全国各地关心着她，哈哈。

现在每次有气不过的事情或烦恼，我第一步就是给爸、妈打电话，等平静之后再跟你讲一遍。这样我才能完全度过。你也知道你这个脾气，我要是第一时间跟你说，你肯定会爆炸的。

我特别喜欢听妈怒骂那些人，什么“王八蛋”之类的，听完就觉得心情好很多，然后爸爸会帮我理智地分析，最后我再跟你当笑话讲。我经常从你们仨这里得到三种口气的教育，但观点都是一致的。

每次我用仅存的理智思考先给谁打电话时的感觉真的挺好的。

陶然

2019 年 9 月 19 日

陶然，

看到你的这封信，忽然觉得，我的妹妹长大了。

我想起很喜欢的一位作家向田邦子，她在一本书中写道：

“人从呱呱坠地起便背负着苦难，差别只在于有没有说出口。家家都有本难念的经，该如何度过，就要靠智慧了。最好不要太在意，经过一段时间，再回头看会觉得是笑话一场。”

对于家庭，她曾有过精准的描述：

“家庭给我们爱和温暖，也将我们绑在一起为彼此的棱角受苦；家庭在我们患难困顿的时候给予支持和保护，也在日常的小事里叫我们烦恼。我们在这种关系里打磨、磕碰、捏塑、凿刻、修剪，一再地被规驯，依着它的形状成长，它的好与坏都成了我们的一部分。”

今天，你找到了我从未意识到的角度，让我重新认识了家的意义。

p.s. 给你寄了几本廖野亲笔签名的书，还有小礼物，你把它们送给妙语的几个老师，看看她们的态度会不会改善一点。

姐

2019年9月20日

陶然，

我怎么也不会想到，有一天会如此郑重其事地写信告诉你：

我应该是找到那个对的人了。

看到这句话的此刻，你肯定在心里为我激动欢呼吧。那么，让我先跟你介绍一下：他的名字叫罗修，就是我去年跟你提到过的那位画家。

故事是从买画开始的。

当时我在西雅图，徐晓的老公凌立发了他的作品集给我，回北京的飞机上，我就已经相中了其中一幅。那时候对于画家本人毫无概念，是男是女，什么年纪，统统不清楚，但是他的作品真的很美。

我看中的那幅油画，现在就挂在客厅沙发的正上方。画布上，一个个气泡像是堆积出了无限的宇宙，颜色透亮，色彩用得很高级。乍一看，看不太出是用什么颜料画的。说是油画，又没有油画的厚重和笔触感；说是水彩，又比水彩多了许多层次。更妙的是，画布上的颜色就像是我家里用到的所有颜色的总和。每天在看到它的那一刻，我的嘴角就会自动上扬。

不久之后，刚巧他在北京举办一场个展，我在凌立的朋友圈看到消息，决定去现场看看。我们就这么认识了。

现在，我们已经在一起一年了，我想是时候把他介绍给你啦。

姐

2019 年 9 月 28 日

姐，

这可是你第一次正式介绍恋爱对象给我！太棒了！为你开心！

但是，我想说，这么大的消息，你能不能说得别这么省略？每次你说到工作都是滔滔不绝，到了自己的人生大事却惜字如金，好像你多不重视似的。不管是他打动你的细节，还是你欣赏他的地方，又或者你俩之间的浪漫瞬间，跟我多说一点嘛。

千万别觉得不好意思，这明明是比工作更值得分享的事呀。

你让我也稍微参与一下下。

陶然

2019 年 9 月 28 日

陶然，

聊这个话题确实是有点不好意思，而且我总觉得两个人之间的事，不应该跟太多人去说，就好像说出去了，那些美好的感觉也会跟着溜走一般。

反之，只要我不说，它们就会逐渐积聚，积聚得越来越多，越来越踏实。

也可能是因为我觉得幸福本身太脆弱了，我想小心翼翼地保护它。

所以，那些情意相通的瞬间，那些心下确定的时刻，那些让我深信这个人无可比拟的珍贵点滴，让我自己先保留着，好吗？

姐

2019 年 9 月 29 日

姐，

这也太不公平了，我什么事情都跟你说，你妹夫的事你简直不要知道得太详细，到了你终于可以跟我介绍未来姐夫的时候，你却这么吝啬！

就算你不愿意多说隐私，那我问一些最基本的问题，你来回答，怎么样？你至少发张照片来看看啊！

咱俩都是外貌协会的，所以我猜帅气这一关肯定过了，你很早以前说过绝对不找抽烟、喝酒的，那我想他肯定也符合。嗯……那他多大了？哪里人？身高多高？体重多少？长发还是短发？是肌肉男还是清秀男？做艺术工作的话，身上有没有文身？有没有打很多耳洞？除了画画，有什么其他兴趣爱好？会不会骑重型机车？会不会玩滑板？会不会玩攀岩？他会做饭吗？做饭好吃吗？……

这些你总可以说一说吧！我不管，今天晚上等不到你的回信我就不睡觉。

陶然

2019 年 9 月 30 日

陶然，

我都能想象出你现在对着手机屏幕的表情有多么八卦。

就像你小时候总是扒在我旁边，缠着我给你看我看的书，给你听我听的磁带，一副耍无赖的模样。

这样吧，等我忙完这阵子，找时间回去一趟，把他带给你看看，如何？

姐

2019 年 9 月 30 日

[8]

以前妈妈总会跟我哀叹：“你们姐妹俩的婚姻，都受了我的影响。你是在树林里面随便看见一棵树，就赶紧把果子摘了下来，跟宝贝似的。你姐是已经在树林里走了很远，却一棵树都看不上。如果可以重新选择，我一定不会离婚。这件事对于孩子们的影响太大了，早知如此，我当初无论如何都会忍着过下去。”

过去的很多年里，我一直在想，像姐姐这样一个有着巨大能量、内心总是装着很多温暖、恨不得把自己拥有的全部都拿出来分享的人，怎么会一直没有遇到好的对象呢？

关于这个话题，她不喜欢我们问，自己也不主动提。

我甚至猜想，会不会在很多时候，当爱情开始萌芽时，姐姐会逃避，甚至会假装看不见？不管是在外人还是家人面前，她都是过于坚强而独立的。从十八岁那年，她决定扛起家庭的某种责任开始，直到今天，她已经把这种负担当作习惯，全然不顾自己背负的东西已经超载。

天生属于女性的那些娇滴滴、爱撒娇的基因，她也是有的，很多时候她的敏感和脆弱可能比一般人还要强烈，但她总是把这些情绪隐藏起来，假装自己没有这些感受。

我一直希望她能遇到一个人，能打开她内心柔软的那个开关。在这个人面前，她能卸下肩上的铠甲，把自己的身份从一个长女、一个姐姐，变成一个单纯想恋爱的女子。

现在，她终于遇到这个人了。以她的性格，能正式介绍给家人，就代表非常笃定了。我相信这个人是符合她的理想的。

微信上，姐姐发来了他们两人一起在欧洲旅行的合照。

照片里，她靠着男生的肩膀，笑得很开心。

我也跟着笑了。眼前浮现出我们一家四口最后一次旅行那天，姐姐带我去拍大头贴，在狭小的空间里卖力地摆着姿势，搂着我朝镜头大笑的样子……

笑着笑着，我的眼泪就像太阳雨一样掉落下来。

[9]

十二月到了，这是个比往年都暖和的冬天。

一大早，我把妙语姐弟交给宝生，跟他说我不确定几点能回来，让他安排好两个孩子的饭，就赶紧开着车出了门，一路上都在随着音乐大声唱歌。

今天，我跟姐姐约了在市里见面，这次是罗修开车跟她一起来。在把男友带回家给父母看之前，她让我先把第一道关，这让我非常得意。

到了约见的咖啡厅，远远看到姐姐已经在座位上等待。

“他呢？”

“车没有玻璃水了，他先去买点加上。你去买喝的吧，我要一杯拿铁，给他买杯美式。”

我马上拿起手机去点单，拿回来的小票上面，显示取餐序号“127”。

“就快到弟弟生日了。”姐姐说。

“对，我已经把礼物准备好了，他现在个子蹿得太快，去年我给他买的鞋和衣服，现在全都不能穿了。”

“当时我们班很多男生也是从高中开始忽然长高的。时间过得太快了，他小时候给我画的那些生日卡，现在还在我家收着呢，里面有他三四岁时候的照片，长得虎头虎脑的，很可爱，没想到，再过两年他都要高考了……”

“可不是嘛，说不定将来他会去北京上大学，去找你，弥补一下我当年没去成的遗憾，哈哈。”我笑道。

“还有妙语呢，你跟她说，大姨在北京等她。”姐姐说。

“好好好，她现在就盼着能跟大姨再去看一次艾莎公主。对了，爸爸前几天把手划破了，自己非要倔着不打破伤风，我只能大晚上开车过去找他，把他带去医院打了针。爸爸年纪越大，脾气越像个小孩。”

“做得对。爸妈最近身体不如以前了，我又不在家，这就体现出你在老家的重要性了，帮我分担了很多……”

“哎呀，咱俩之间就不用分得这么清楚啦。”屏幕上出现了“127”，我起身去把三个人的饮料取了回来。

我俩各自拿过杯子，空气中划过一阵沉默，我想跟她说点什么，但话到嘴边，又觉得说不出口。

我借口去洗手间，拿着手机走到门外，给姐姐发了一条信息——

“姐，其实我越长大，就越能理解当时父母的一些感受。他们离婚的时候，比今天的你也大不了几岁。我们现在都是大人了，在生活里也会有很多扛不住的时候，他们那时可能也一样吧。连自顾都不暇，哪还管得了那么多呢？也许我曾经恨过他们，但是我现在已经放下了。”

过了一会儿，手机屏幕亮了。

“确实，这些年里，我做的不管不顾的决定也很多，有些时候被逼到无路可退，也很想把一切都丢掉，逃到没人认识我的地方。我经常在想，明明家应该是给我们最多温暖的港湾，为什么在过去那些年里，它总让我们体会这么极端的情绪呢？为什么他们曾经那么好，最后又那么绝呢？为什么给我们的童年那么多甜蜜，又给我们之后的人生那么多伤感呢……”

只读了一半，我就已经完全懂了姐姐想说的话。在很长一段时间里，我俩都在不断反刍小时候的那些美好，让它成为支撑我们生活下去的氧气。

“当初那些美好的东西，和后来刺痛我们的东西，常常在我心里同时涌现。我们一边在奋力逃离，一边又在拼命挽留。每次想起家人，最终都会变成一种苦涩无力却也永远无法放手的依恋。后来我想明白了，可能家人就是在日常生活里让你受苦的人，但当你真正受难的时候，也只有他们是会毫不犹豫站出来，尽全力保护你的人。”

“姐，我很庆幸我们俩写了这么多的信，帮我们保留了那么多回忆。有些情感的债是永远无法抵消的，但至少我们把它留在了那里，好的、坏的，一笔又一笔。”

“是啊，如果没有这么多年的信件作为见证，我都不相信背后会有这么多动荡的心情。那些让人刺痛的时光切片，在我们人生每一次选择、每一段关系中，都像幽灵一样如影随形，大概永远都不会消失。至于它们将来还会如何起作用，我也不知道。又也许，它们已经变成了我们的某种财富。无论如何，我有你，你有我，在我们的血液中，永远有可以感同身受的部分，我们永远都会无条件地保护对方……”

看到这里，我的眼睛有点湿润。原来只有隔着书写的屏幕，我和姐姐才能坦然说出这些藏在心底的话。

回到座位，我们无声地碰了个杯。她的脸上是一种复杂的平静，我能感受到她的心里仍有很多情绪在翻滚，有很多记忆在涌动，我自己也是如此。

就在这时，姐姐的眼睛看向了门口，脸上的平静被打破了，取而代之的是一个从未有过的灿烂笑容。

或者说，这个笑容，我已经很多年都没看到过了。那是专属于我们小时候，当家庭依然完整、父母之间还有很多爱、一家四口依然还有很多可期盼的美好明天时，她脸上经常出现的、无忧无虑的、孩童般的笑容。

这个笑容背后，只有一个答案。随着她挥手的动作，我的视线也跟了过去。

我知道，是那个最好、最对、最完美的人来了。

尾声

临近春节的时候，我给姐姐发微信："等过年的时候，你是不是就可以带着罗修同学一起回来了？"

姐："可以。"

我："等你回来，咱们再去拍一张全家福吧。到时候在爸爸和妈妈两边家里各挂一张。"

姐："这是个好主意。"

我："这下真是齐全了，除了你们的孩子之外。"

姐："你这个急得也是忒早了。"

我："不算早了。你还记得很久以前咱们打的赌吗？"

姐："哪一个？"

我："就是你总说不生孩子，当时我说，如果你将来有一天结婚生小孩了，就要把你那时候一整个月的工资输给我。"

姐："哦对，是有这么个赌，哈哈哈。"

我："我觉得我要赢了。"

姐："这个嘛……概率从零变成零点零一吧。"

THE END

跋：被公开的信

我们都曾经写信。

写信的手轻轻的，却能拨开繁冗的修辞，制服作祟的自尊心……

不知道从什么时候开始，信不再发出，甚至不再落成文字，变成了心底默默的声音，在突然遇见美丽风景、感受到强烈情绪时，我们再一次写信，只起了个头就不了了之，直到这时才发现，收件人早已姓名不详，写信的手已经退化。

陶姜和陶然，这本书里的姐妹，始终在写信。

“今天听妈妈说你怀孕的时候，我气炸了！满脑子翻来覆去都是一句话：陶然你知道吗，原本你的生活可以有更多美好的选择，你骨子里的软弱毁了所有的可能性！”

“姐，我其实一点不在乎金钱，不在乎大城市小城市，我一直都是在乎感情的。事到如今，也只能先这么走下去。无论如何，怀孕应该是件被祝福的事啊，希望我能得到你的祝福。”

书以两封信开始。

只两封信，一对姐妹的形象就跃然纸上：姐姐凶神恶煞，看她的信都会耳鸣，她的信写在纸上，纸头便可以自燃；妹妹低眉顺眼，看她的信时会听见认命的叹息。

如果捡到一张纸，纸上写着一封信，应该会比其他文体更能激起偷偷读完的好奇？因为信最私密，而且这两封信里充满了故事线索，所以这本书翻开了就着急读下去。书中姐妹相差八岁，姐姐陶姜专注于事业，三十岁就成绩耀眼，但身体几乎被常年高强度的工作摧毁了；妹妹二十二岁结婚生子，不愁吃穿，但要尽受琐碎日子的锉磨。姐妹各自奔波，同时保持邮件往来。

陶姜的信是咆哮体，用电脑敲出来，篇幅长，气势浩荡。

陶然捧着手机读，捧着手机回信，总是写不长，小心翼翼。

陶姜在信里拷问：你为什么选择这样的人生？选择了为什么过不好？妹妹把这些信当作闹铃，累到快要放弃时就拿出来看看。

陶姜在信里投喂，把自己的见闻事无巨细写给妹妹，妹妹把这些信摘下来贴在墙上，就成为能看见风景的窗。

陶姜的信有各种功能，有时是武器，会让陶然觉得自己的人生破绽百出，于是她鼓起勇气写了一封信去反驳：姐，你不能因为自己选了一种生活，就只歌颂这一种生活，批判另一种生活。

这封信是关键注解，姐妹被分隔在不同的人生赛道，不仅是性格使然，也是“选了一种生活”。父母离婚后，她们各自断尾求生，姐姐剜除了对情感的需求，妹妹剜除了对艺术理想的追求，然后姐姐必须成功，妹妹必须幸福，否则就对不起成本高昂的选择。

读着来来往往的信件，曾经的家随之得到复盘，家的光线、气味、笑闹声都不断重现，那个不祥的壁橱也逐渐显形，壁橱里藏着家庭破碎的骇人秘密。每个家庭都有这样一个柜子，我们都曾在某个不设防的午后，打开了柜门，屏住呼吸轻轻关上，然后终其一生试图忘记，却又自虐地一次一次打开。

终于有一天，陶然再打开柜门，发现没那么触目惊心了，于是写了一封信给姐姐——

> “姐，可能这一辈子，爸爸妈妈确实不会再同时出现在我眼前了，但我决定不再为此而遗憾。”

遗憾，陶然用了最恰当的词。

所有的痛苦最终不会消弭，只降解成为遗憾，一种性状相对稳定的感触，不再对我们造成实质性的伤害，不再塑造我们的性格，不再左右我们的抉择，只是一个灯光忽明忽暗、音乐断断续续的旧乐园，身在其中的我们仍像个孩子开怀玩耍，一晃神就要做个成人冷静幻灭。

我在姐姐陶姜身上捕捉到作者朱墨的影子，从肺活量可以辨认出她。

听朱墨说话，真的会有耳鸣到耳聋的风险，即使只隔着一张餐桌！这餐桌不断扩展成一阶一阶的观众席，她明明就在对面，却像站在舞台上演讲，听到最后已经无所谓内容，只困惑于人怎么会有这么大的肺活量？连续演讲几小时也能嗓子不劈叉，气焰不减。虽然朱墨打扮精致、头发细软，皮肤容易过敏，但内核是一介武夫，孔武有力，刚正不阿。

因为是武夫，所以朱墨写字挥洒，不屑粉饰，是把口头表达直接拓印在纸上，态度、口吻都能毫无流失，所以她的字像她的人、像她说话，生动铿锵，总是以冲刺速度扑面而来。这本书也是拓印工艺，清晰明快，活灵活现，读来让人捧腹又拍案，血热又鼻酸。

我也在书里试图寻找朱墨的真实素材，哪些引用自身，哪些经过了变形，很快找到了隐秘记号：一团在朱墨以往的故事中很少出现的纠结，夹杂自虐、宣泄、不舍、释然……也许那就是她写这本书的初衷，她想记得自己的伤痛，想献出对家人无尽的爱。

朱墨的故事我听过太多了，但看到这本书的夜里，还是深深触动，第一次意识到原来我从来没有认真听过她的故事，因为那是别人的故事，因为事情都不大嘛，直到读着这些被眼泪鼻涕包裹的字……原来这是一个人的人生啊。

我震惊于自己的佯装倾听，也震惊于朱墨蘸着自己的心血写出这本书来。一个字一个字，逐字组成一封给破碎之家的信。因为写下了这封信，她那双写信的手依旧完整，暂时还不会退化。

邱玉洁

2021 年 9 月 22 日

姐妹 ———— 产品经理｜普洱　装帧设计｜张一一　技术编辑｜陈皮　责任印制｜刘世乐　产品监制｜曹曼　出品人｜于桐

图书在版编目（CIP）数据

姐妹 / 朱墨著 . -- 南京 : 江苏凤凰文艺出版社，2021.12（2022.2 重印）
ISBN 978-7-5594-6341-8

Ⅰ . ①姐… Ⅱ . ①朱… Ⅲ . ①长篇小说 – 中国 – 当代 Ⅳ . ① I247.5

中国版本图书馆 CIP 数据核字 (2021) 第 213606 号

姐妹

朱墨 著

出 版 人	张在健
责任编辑	王　青
特约编辑	普　洱
装帧设计	张一一
出版发行	江苏凤凰文艺出版社
	南京市中央路 165 号，邮编：210009
网　　址	http://www.jswenyi.com
印　　刷	北京世纪恒宇印刷有限公司
开　　本	880 毫米 ×1230 毫米　1/32
印　　张	10.5
字　　数	210 千字
版　　次	2021 年 12 月第 1 版
印　　次	2022 年 2 月第 2 次印刷
印　　数	7,001—12,000
书　　号	ISBN 978-7-5594-6341-8
定　　价	49.80 元